1

Uwe Nemitz, 1966 in Bernau geboren,

wohnt mit seiner Frau und seinen zwei Töchtern
im Landkreis Märkisch Oderland.

UWE Nemitz

Das Versprechen

Der Tod sucht seinen Nachfolger

TWENTYSIX – der Self-Publishing-Verlag

IMPRESSUM

Bibliografische Information der Deutschen Nationalbibliothek: Die Deutsche Nationalbibliothek verzeichnet diese Publikation in der Deutschen Nationalbibliografie; detaillierte bibliografische Daten sind im Internet über dnb.d-nb.de abrufbar.

TWENTYSIX – der Self-Publishing-Verlag
Eine Kooperation zwischen der Verlagsgruppe Random House und BoD – Books on Demand

© 2018 Uwe Nemitz

Herstellung und Verlag
BoD – Books on Demand, Norderstedt

ISBN: 9783740744441

Prolog

Einige Tage beginnen ohne große Perspektive, man wird wach und glaubt man hat gar nicht geschlafen. Das alltägliche Tun wird von Routine bestimmt, sich erstmal strecken und versuchen die Müdigkeit aus dem Körper zu bekommen. Vor allem aus dem Kopf, nichts hat sich so angefühlt, als wäre es ein Neubeginn oder gar das Ende seines Lebens. Als wäre dieser Tag etwas Besonderes, ein Tag der sein Leben für immer verändern wird. Es lag nicht am Kaffee, nein alles war wie immer. Seit die Kinder, seine Mädchen,

groß sind und ihr fast eigenes Leben füh-
ren. Ist die Wohnung, weil auch seine
Frau schon viel zu früh zur Arbeit hetzt
und meistens noch viel zu spät nach Hause
kommt, wegen Überstunden wie sie sagt,
leer und verlassen. So kommt er wie immer
schwer in den Tag, auch wegen der Medi-
kamente. Oft ist er schon von den ganzen
Pillen satt, wie lange wird das noch so
sein? Das fragt er sich oft.

Auch diesmal war es so, er wäre doch
nie aus dem Haus gegangen, hätte er gewusst wem oder was er begegnen würde.
Alles war wie immer, er hat nicht die
Socken anders angezogen, ist nicht mit
dem falschen Fuß aufgestanden. Es war die

gleiche Leere um ihn herum, schon seit Wochen, die Wohnung war wie immer leer und ohne Leben. So ging er auch an diesem Montag nur aus der Tür, um sich zwei Semmeln zu holen, für sein Frühstück, welches er in Regelmäßigkeit alleine zu sich nimmt. Selbst am Wochenende geht seine Frau, seine Frau Anne arbeiten. Kein Personal, und sie als Oberschwester kann nicht einfach gehen. So pflichtbewusst war sie schon immer.

Auf dem Weg zum Bäcker passierte es dann, ungläubig und ohne Vorankündigung kam es über ihn, ein kurzes Rempeln. „Oh Entschuldigung", die Hand geschüttelt aus Reflex, dem Unbekannten dabei tief in die Augen gesehen. Schwarz wie die Nacht, vor Schreck oder war es Überraschung zog er die Hand zurück. „Oh Entschuldigung, wollte sie nicht erschrecken, Ron."- „Was? woher kennen Sie meinen Namen? Was wollen sie Spinner von mir, ich kenne Sie nicht." - Wäre er nur weggelaufen, was hätte es genützt? Es hätte nichts genutzt.

„Du bist Ron", sagte der Unbekannte nochmal und „glaube mir, du kennst mich." „Erzähle nicht so ein Mist, mich erst anrempeln und nun ein auf Psycho machen. Lass mich in Ruhe und hau ab." Ein lautes Lachen, was so dunkel und eindringlich klang, setzt sich bei ihm fest. „Glaube mir Ron, du kennst mich, genauso wie ich dich kenne." Er wollte gehen, aber es ging nicht. Seine Beine zuckten nur ohne sich zu bewegen. „Was ist hier los, wenn das ein Scherz sein soll, ha-ha sehr gut gelacht. Echt billig". ‚Irgendwas muss im Kaffee gewesen sein', überlegte Ron.

„Ron, lass uns etwas reden", sagte der Unbekannte. „Ron,..Ron,.. Ron, woher kennst du meinen Namen? Und sag nicht schon wieder ‚ich kenne dich und du kennst mich', du Spinner. Ich kenne dich nicht und nun verschwinde.", schrie Ron die dunkle Gestalt an.

„Aber Ron, denke doch mal nach, wir sind uns schon mal begegnet. Es war ein Regentag und du hast an meine Türe geklopft." - „Na klar du spinnst doch, ich habe noch nie bei jemanden an die Türe geklopft, oder war ich bei deiner Frau? Aber auch das wüsste ich. Und warum gerade Regentag, tue mir einen gefallen und verschwinde." „Aber Ron denke doch mal nach, was für ein Datum nächste Woche ist? Das musst du doch wissen." - Wie vom Blitz getroffen schreckt Ron zusammen. „Na Ron, dämmert es?" Und wie es dämmert, der Unfall, nein es war kein Unfall. Alles war so gut geplant, das Wetter, er wollte nicht mehr. Der feuchte

Baumstamm, einfach abrutschen und ertrinken. Einfach alles hinter sich lassen, raus aus diesem jämmerlichen Leben.
Diese Schmach war für ihn unerträglich.
Warum musste auch gerade das Pärchen seinen Sturz beobachten? Wieso hatte er sie
nicht gesehen? Aber er sah dafür schon
was anderes, als er mit dem Kopf unter
Wasser war, alles ist so verschwommen vor
ihm. Die Last wurde so leicht und dann
war da dieses Licht, der lange Tunnel,
grell und blendend. Arme, die nach ihm
greifen, die Hand, dieses Gefühl. Er
kannte es!

Ron schaut auf seine Hand, das gleiche
Gefühl, die gleiche unbehagliche Kälte

wie von dem Unbekannten. „Oh Ron mach es dir nicht so schwer", sagte der Unbekannte. Ron wurde kalt und heiß, das Blut pulsierte, Schweiß rann ihm über die Schläfen. ‚Das kann nicht sein‘, - „ich kenne dich nicht", schrie Ron, „lass mich in Ruhe, verschwinde endlich."

„Ach Ron, so einfach ist das nicht" sagte der Unbekannte. „Ich möchte dir etwas auf die Sprünge helfen, eigentlich bin ich nur hier, um deine Schuld einzufordern." „Meine Schuld", schrie Ron, „ich schulde dir nichts. Wie auch, ich kenne dich gar nicht." Noch immer konnte er sich nicht bewegen, nur sein Blut war in Wallung und Ron wusste nicht was und wie ihm geschieht. „Ron, langsam sollte es dir aber einfallen, nicht dass du mich noch zornig machst." „Dich zornig machen", schrie Ron, „ich haue dir gleich eine aufs Maul." „Aber nicht doch Ron, setzt dich erstmal." „Was?" Und ohne sein Zutun ging Ron in die Knie und saß auf seinem Hintern. Als würde ihm jemand einen eisernen Ring umlegen und anketten, saß er hilflos am Boden. „So ist es schon besser, Ron. Und fällt dir jetzt ein wer ich bin?" Ron sah nach oben, er sah einen großen Mann mit schwarzdunklen Augen und einem schwarzen Mantel. Nein, eigentlich war alles schwarz. 'Halt was ist das?', Ron rieb sich die Augen, er wollte nicht glauben, was er da sah. Unter dem Mantel, unter dem schwarzen Mantel waren große leere Augen, Hände, nein das sind Knochen. Hände aus Knochen und sie griffen nach ihm. Ron schloss seine Augen, 'wann werde ich wach?', dachte er.

„Ja Ron du kennst mich, ich hatte dich schon mal in der Hand. Ich will dir sagen wer ich bin". Der Unbekannte holte tief Luft und sagte mit tiefer Stimme: „Ich bin der Tod und ich bin hier um deine Schuld einzutreiben." Ron starrte ihn fassungslos an, fast hätte er gelacht. „Guter Scherz, aber Halloween kommt erst noch." „Scherz?", schrie der Unbekannte und öffnete seinen Mantel. „Sieht das wie ein Scherz aus?" Ron wich zurück, er sah ein Feuermeer welches die toten Menschen verschlang, er hörte Schreie, jämmerlich. „Mach das weg du Scheusal." Ron wollte sich Ohren und Augen zuhalten, aber er war nicht in der Lage, sich zu bewegen, er sah wie gelähmt auf die schwarze Gestalt. „Jetzt hast du mich verstanden und hörst mir zu", gab der Tod von sich. „Pass gut auf, uns bleiben noch sechs Tage um unseren Vertrag gültig zu machen." „Was für ein Vertrag, was für eine Schuld? Du bist bestimmt irgendwo aus der Anstalt abgehauen, du bist doch krank. Wo hast du diesen scheiß

Mantel her? Es wird Zeit, dich wieder einzusperren."

„Ron, mäßige dich. In einem hast du schon mal Recht Ron, meine Zeit als Tod ist abgelaufen. Mir bleibt noch eine Woche für meinen Nachfolger, um diesen in sein Amt einzuführen. Alles nach geregeltem Ablauf, so wie ihr Menschen es gerne macht." „Und du denkst, ich bin dein Nachfolger?", fragte Ron, „du hast doch ein Ding an der Klatsche." „Hilfe!", schrie Ron jetzt. „Hilfe, warum hilft mir denn keiner? Hilfe!" Aber keiner der anderen Passanten beachtete sie, als wären sie Luft.

„Immer schrei, sie hören dich nicht. Erst wenn ich es wieder will, hören sie dich. Lass mich dir noch ein paar Dinge erzählen Ron. Als du voriges Jahr deinem Leben ein Ende setzten wolltest, konntest du noch nicht sterben. Du warst noch nicht an der Reihe zu sterben, mit deinem Selbstmordversuch." Der Tod blickte jetzt auf Ron herab und holte tief Luft bevor er weitersprach. „Dazu kam, dass bei mir genau der Zeitpunkt von 99 Jahren als Tod vorbei war." Ein düsteres Lachen kam aus seinem Mund. „Es ist kein Schicksal Ron, sondern Fügung und so von dir gewollt. Du bist der Nachfolger. Ob du nun möchtest oder nicht, das spielt jetzt keine Rolle. Ein Jahr musste ich dich beobachten, dich schützen, damit du nicht nochmal einen törichten Versuch unternimmst und womöglich noch die Vereinbarung platzen lässt." „Du spinnst doch, was für eine Vereinbarung?" „Die, dass du am Ende der Woche mein Nachfolger wirst, dass du dann der Tod bist und ich nach 100 Jahren endlich nach Hause gehen kann." Ron konnte nicht glauben, was er da hörte. „Wie kann man sich so ein kranken Scheiß ausdenken", schrie er. „Du bist doch ein Irrer!" „Ach Ron, hör auf dich zu wehren. Ich will dir noch was anderes zeigen." Der Tod öffnete wieder seinen Mantel. „Du bist doch Pervers", schrie Ron, „ich möchte das nicht sehen". Und hielt sich die Augen zu. Aber wie mit unsichtbarer Hand wurde sein Kopf gehoben und er blickte diesmal genau in das grelle Licht wie vor einem Jahr. Da war sie wieder, die Hand, die schwarze Gestalt. Nein, halt, da war er, in der Hand der schwarzen Gestalt. Sie reden miteinander, nein eigentlich redet nur die schwarze Gestalt. Jetzt streift sie ihm einen Ring auf den Finger. Nein, das kann doch nicht sein, diesen Ring hat er seit diesem Tag vor einem Jahr am kleinen Finger. Er wusste nie, woher, er hat ihn

auch nicht abbekommen. Das Bild verschwimmt und Ron wurde schwarz vor Augen.

1.Kapitel

Das ist nun fast sechs Tage her, sechs Tage die alles veränderten. Heute ist der Tag, an dem er der Tod werden soll, besser gesagt um null Uhr. Nach einer Woche, die so unglaublich schwer war, so viele Dinge sind passiert. So viel Unheil hat Ron über andere gebracht. „Jim, bringe mir noch einen Doppelten", sagte Ron. „Ron dir ist schon klar, das ist schon dein fünfter und es ist gerade mal 11 Uhr." „Und nu?, willst du was verdienen oder lieber Pastor sein." antworte Ron. ‚Was soll ich nur machen', dachte er, ‚wäre ich nur nicht aus dem Haus gegangen

vorige Woche, aber das hätte nichts genutzt.' Seit voriger Woche kam der Tod
jeden Tag vorbei, nicht um ihn zu besu-
chen, nein, um ihm das Handwerk des Todes
beizubringen. Ron sah in das volle Glas,
er sah seine Jugend, sein ganzes Leben
in diesem einen Augenblick. Die letzten
sechs Tage waren so intensiv, dass er
sich gar nicht mehr so an sein altes Leben erinnern konnte.

An seine Frau Anne, ihre Eltern, seine
Eltern und an seine Mädchen. Was ist nur
mit ihm passiert. Sein Leben war eigentlich ganz normal, eine gute Kindheit und
vor allem eine super Jugendzeit. Die gei-
len Partys im Sommer, sein bester Freund

Rob, der gutmutige Derek und sein Hund Sam, der treue Sam, ein Golden Retriever, was haben sie alles erlebt. Mit Rob saß er schon in der Schulbank. Rob, der immer nur die Mädchen im Kopf hatte. Er machte alles so leicht und unbeschwert, außer natürlich die Schule. Da musste Rob sich durchmogeln. Nicht wegen Dummheit, er war einfach zu faul. Oder es mit seinen Worten zu sagen, einfach clever.

„Hey Ron, mein Freund, gib mir fünf", rief Rob schon von weitem. Mürrisch blickte sich Ron um, gerade im Gespräch mit der schönen Isabell. Da hatte Ron schon den Arm von Rob auf der Schulter.

„Du musst mir helfen Ron, mir fehlt Geschichte bei der alten Schraube Green.
Lass mich mal abschreiben bei dir, ich
brauche noch sechs Punkte in dem Fach."
„Oder du gibst es mir Isabell, die Sex
Punkte.", lächelte er in seiner unwider-
stehlichen Art Isabell an. „Na klar,
träum weiter Brauni", wie sie Rob auch
sonst noch nannten, weil sein richtiger
Name Rob Braun war. Isabell nahm ihre
Bücher und gab Ron noch einen zugeworfe-
nen Kuss, „Bis dann", hauchte sie Ron
zu. „Oh Ron und die Isa", äffte Rob.
„Lass gut sein Rob, wir müssen, es wird
gleich klingeln." „Halt nicht so schnell
ihr Spacken", rief jemand hinter ihnen

her. Sie brauchten sich nicht umdrehen, sie wussten wer das rief. Derek der Kapitän der Rugby Mannschaft. Ron und Rob spielten nie Rugby, nur ganz früher etwas Fußball, aber sie mochten den Dicken wegen seiner Gutmütigkeit, seiner Kraft und weil er ihnen nicht von der Seite wich. Rob hielt kurz inne, dann ging er weiter. Ron blieb stehen und wartete was passiert. Derek gab ihm einen Rempler, fasste ihn über den Kopf und sagte: „Was geht, Ron´i-Boy, hängt er richtig?" „Logisch Dicka, immer senkrecht." Sie waren gute Freunde, nicht so lange und eng wie mit Rob, aber es war cool, mit dem Dicken von der Rugby Mannschaft abzuhängen.

Jetzt klatschten sich auch Rob und der Derek ab. „Du wirst immer fetter!", sagte Rob. „Das ist alles männliche Schwungmasse du Spacken, kann nicht jeder in Strohhalmhosen laufen." „Nein kann man nicht Dicker, man muss es", zwinkert Rob. „Schon wegen der Frauen. Stimmt's, Ron?" „Mag sein, weiß nicht", antwortete Ron. „Lass uns lieber meine Geschichte in deine Hefte bringen." „Kein Ding, Ron." Nach der Schule saßen sie unter dem großen Baum im Park. Ron hatte seinen Hund Sam dabei. Derek versuchte sich immer wieder daran, Sam niederzuringen. Was ihm aber nicht gelang. Sam knurrte und lief immer wieder Haken schlagend um

Derek herum. „Hey Fetti, das wird doch nichts", rief Rob. „Du schwitzt schon wie ein Puma, aber der Hund ist taffer als du." „Sei leise Brauni, sonst werde ich mit dir täckeln." „Kannst ja mal versuchen…", wollte Rob gerade sagen, da lag Derek schon auf ihm. „Geh runter du Fettsack", stöhnte Rob. Ha-ha grölte Derek. „Ron hilf mir." „Nö, das macht mal unter euch aus." Ron ließ einen kurzen Pfiff in Richtung Sam ab, der sich gerade den Tauben widmen wollte. Unbeeindruckt jagte er den Tauben nach, so dass Ron nochmal pfeifen musste. Jetzt erst reagierte Sam und lief in einem großen Bogen zu Ron. „Was machen wir heute Abend?", wollte Derek wissen. „Bei Lisa ist eine Party", sage Rob, „eins A- Material." „Und auch was zu essen?" „Ist klar, du willst nur essen Dicka, Ron und ich machen die Bräute klar. Stimmst Ron?" „Bin dabei."

So war es meistens, Rob und Ron, immer in Begleitung von Derek. Sie waren irgendwie unzertrennlich.

So war es auch an dem letzten Wochenende vor den großen Prüfungen.

„Lasst uns am Wochenende eine Bergtour machen, nur wir drei.", schlug Rob vor. „Bevor die Prüfungen beginnen und ich in den letzten Ferien mit meinen Eltern nach China fliege und Dicka im Schlachthof arbeiten geht." „Was machst du eigentlich, Ron?", wollte Rob wissen. „Hab noch keinen Plan, schon mal die Uni und den Campus besichtigen." „Ist auch egal", meinte dann Rob. „Können auf jeden Fall die Hütte von meinem Alten haben und auch sein Auto." „Genial", sagte Derek, „wir saufen und feiern nur, das ist einfach genial." „Können wir auch fischen und Lagerfeuer machen?", wollte Ron wissen. „Lagerfeuer, sind wir Pfadfinder?, man Ron, aus dem Alter sind wir raus", sagte Derek. „Na klar können wir das machen", sagte Rob. „Alles schön locker und lässig." „Und Bräute?" „Na klar Dicka, das wäre es, aber es ist nur für uns drei.

Unser Abschied aus der Schulzeit." „Ist auch gut", meinte Derek, "die Weiber stören eh nur, dann lieber Marshmallows." Rob sah Ron an und beide mussten sich fast gegenseitig halten vor Lachen. „Ihr Gurken, euch kriege ich", rief Derek und nahm beide ganz ungestüm in den Schwitzkasten, mehr in die Arme, so dass sie alle hinfielen.

Freitagabend war es dann so weit, Rob saß am Lenkrad vom Chevrolet, das Radio spielte und Derek wollte sich gerade eine Zigarette anstecken. „Hey Dicka hör auf, hier wird nicht geraucht." „Warum? Gib mir auch eine.", sagte Ron. „Spinnt ihr?"

Rob wollte gerade noch mehr widersprechen, als ihm Ron auch eine zwischen die
Lippen steckte. „Ist doch egal", sagte
Ron. „Jetzt ist jetzt und das ist unsere
Wochenende." Die Hütte war gut einge-
richtet, man merkte dass Rob seine Eltern wohlhabend waren. Rob war ihr einziger Sohn. Im Gegensatz zu Derek, bei
ihm wusste es keiner so genau, ob er nun
drei oder vier Geschwister hatte. Seine
Mutter war schon dreimal verheiratet und
Derek sprach nicht gern darüber. Ron
seine Geschwister waren alle beide äl-
ter. Aber diese Holzhütte, eigentlich
schon ein gutes Landhaus, war einfach

überragend. Diesen ersten Abend verbrachten sie vor dem Kamin, sie waren so
verschieden, aber doch waren sie so
gleich. Sie redeten über alles: Warum
Derek noch kein Mädchen hat. Wie Rob das
immer macht bei den Mädchen, dass sie
immer auf ihn fliegen. Über Ron, dass er
noch nicht die große Liebe gefunden hat
und es nicht so wie Rob anstellen möchte.
Sie erzählten über Sport, was nach der
Schule werden soll und irgendwann sind
sie dann vorm Kamin eingeschlafen.

„Heute geht's ab in die Berge", sagte
Rob beim Frühstück. „Bist du fit, Dicka?"
„Mach dir um mich keine Sorgen, ich habe
Kondition wie ein Pferd. Aber du, Ron,

siehst etwas blass aus." „Ach quatsch, wir hätten nicht so viel Joints rauchen dürfen." „Wir haben Joints geraucht?", fragt Rob. „Von wem? Nee Dicka was du, dachte das sind normale Zigaretten." „Logo, Rob und die Nonne wurde auch vom Wasser holen schwanger." „Wenn das meine Alten rauskriegen." „Hör auf Rob, dich wie ein Mädchen zu benehmen.", sagte Ron und gab seinem Freund einen Buff an die Schulter. „Der kleine Rob hat Joint geraucht, na-na-na-na", tanzte Derek.

Sie sind dann nach dem Frühstück los gewandert, das Wetter war gut wie die Laune. „Wie hoch wollen wir denn noch?", wollte Derek nach vier Stunden wissen.

„Nur noch den einen Berganstieg, das ist der Beste", sagte Rob. „Wie hoch ist das?" „Schlapp 1500m, lieber Ron und auch nicht so steil. Wir brauchen auch keine Hacken, nur Seil. Derek geht in die Mitte und hinten du, Ron." „Na klar damit der Dicka auf mich rauffällt." „Ey Derek, was ist, Angst oder keine Puste mehr?" „Ich habe doch keine Angst, du Spacken, lasst uns den Hügel erstürmen." „Na dann los", sagte Ron und hat sich bei Derek einge-klinkt. So sind sie hintereinander den Bergpfad hinauf, ohne große Pause. An einigen Stellen war es etwas steil und der Pfad sehr schmal. Rob hatte keine

Schwierigkeiten und führte sie konzentriert durch schwerere Passagen. Derek ließ sich die Anstrengung nicht anmerken, obwohl er einmal mit dem rechten Fuß umknickte und er vor Schmerz hätte schreien können. Oben angekommen fielen sie sich vor Freude und Erschöpfung in die Arme, sie blieben im Rasen liegen und schauten den Wolken nach. „Es ist so genial mit euch. Euch als Freunde zu haben und diesen schönen Augenblick zu teilen." „Nun hör auf Ron´i-Boy, nicht dass uns noch die Tränen kommen", sagte Derek. „ Ich finde es auch genial", warf Rob ein, „aber du Dicka schnaufst ganz schön", frotzelte er jetzt. „Ich d och nicht, das ist nur weil die Luft hier so dünn ist." „Und ob mein Dicka.", gab Ron ihm einem Klapps auf die Schulter. „Was ist mit deinem Knöchel, Dicka?", fragte Rob als er sah, wie Derek sich diesen hielt. „ Ist nichts weiter, geht schon." „Wir sollten wieder runter, schaut euch mal die Wolken an, da kommt was.", sagte Ron. „Du hast recht, wir sollten aufbrechen, das sieht nicht gut aus", stimmte Rob zu. Das Gewitter kam schnell und heftig, Regen und Wind schlugen ihnen ins Gesicht, der Weg wurde schmierig und rutschig. Sie konnten nicht so schnell gehen und dann auf einmal verlor Derek das

Gleichgewicht, ob nun wegen seines Knö-
chels oder weil der Weg so schmierig war,
er rutschte aus. So dass Ron hinterher
gezogen wurde und über Derek stürzte. Ron
verlor den Halt und fiel drei Meter tief
auf einen Felsvorsprung und Derek mit
voller Wucht auf ihn rauf. Es gab ein
Geräusch, als hätte jemand einen Ast zer-
brochen, dem folgte ein lautes Aufstöh-
nen von Ron. Rob konnte sich gerade noch
an einem Baumwuchs festhalten, so dass
er nicht auch runterstürzte. Mit Mühe
konnte sich Rob wieder aufrichten. Erschrocken blickte er nach unten. „Was ist
los, wie geht es euch….Derek, Ron? sagt
was.", rief er. „Mir geht es gut, aber

mit Ron stimmt was nicht." „Ron, was ist los, sag etwas." Derek schüttelte Ron an der Schulter. „Spinnst du, hör auf," stöhnte Ron und versuchte sich aufzurichten." Aua, Scheiße mein Fuß, Dicka du…." Und dann wurde Ron ohnmächtig. „Was ist Derek", schrie Rob „Ich weiß nicht, Ron mach keinen Scheiß!" Derek gab Ron eine Ohrfeige. „Bist du doof, Dicka", gab Ron von sich und blinzelte ihn an. „Da ist ja mein kleiner Ron´i-Boy wieder." Derek drückte Ron an sich. „Mach das nie wieder!" „Mein Fußgelenk ist gebrochen." „Hast du das gehört Brauni, sein Gelenk ist gebrochen. Du musst ihn hochziehen." „So ein Dreck", fluchte Rob. „Binde ihn gut an Dicka, ich ziehe jetzt." Dann zog Rob mit ganzer Kraft, so dass seine Muskeln schmerzten und seine Handflächen aufrissen. Von unten hat Derek Ron, der keinen Ton sagte, sondern nur leise stöhnte, angehoben und geschoben. Mit vereinten Kräften konnten sie so Ron wieder auf den Weg bringen und dort absetzen. „Los Dicka, jetzt du und streng dich ja an", sagte Rob und dabei nach Luft schnappend. Aber Derek war sportlicher als man dachte. Es brauchte nicht viel Kraft von Rob und Derek stand wieder oben neben ihm. „Ron, wie geht es dir, du siehst so blass aus.", wollte Derek wissen. „Erstmal das Gelenk. Mir ist schlecht", sagte Ron und übergab sich auch schon. „Dicka, musst du auch genau auf ihm landen?" Derek sah nur auf Ron: „Es tut mir so leid", flüsterte er. „Los, ich trage dich." „Den ganzen Weg, das schaffst du nicht, Derek.", wollte Ron widersprechen. Aber eh auch nur noch einer was sagen konnte, hatte er Ron schon über die Schulter geworfen. Der Regen vermischte sich mit den Schweißperlen, aber Derek ließ sich die Erschöpfung und den eigenen Schmerz am Knöchel nicht anmerken. Rob führte sie runter ins Tal und zur Hütte, aber ohne seine beiden Freunde aus den Augen zu verlieren. Ron sagte gar nichts, aber ab und zu stöhnte er leise. Sie legten Ron auf eine Decke ins Auto, Derek fiel sofort nach hinten um, dann lag er auf dem Rücken und starrte in die Regenwolken. Rob ließ ihn eine Weile liegen, dann reichte er ihm die Hand. „Super Derek!" und drückte ihn an sich. Derek kamen die Tränen: „Scheiß Regen" und wischte sich die Augen. Sie packten ihre Sachen zusammen und fuhren ins nächste Krankenhaus.

Vier Stunden später saßen sie immer noch im Warteraum der Notaufnahme. Ron seine Eltern waren mittlerweile auch schon da. Ron sein Vater kam direkt vom Armeestützpunkt und stand jetzt imposant in Uniform neben seiner Frau. Diese

wirkte dagegen sehr verängstigt und zu-
rückhaltend. Beide warteten zusammen mit
Rob seinem Vater, der gekommen war, um
seinen Sohn abzuholen. Sie unterhielten
sich leise miteinander, der hochdeko-
rierte Major und der weltoffene Ge-
schäftsmann. Unterbrochen wurden sie nur
vom Doktor, der Ron seine Eltern in sein
Sprechzimmer gebeten hat. Nachdem der
Arzt ihnen mitteilte wie es um Ron stand,
weinte seine Mutter. Es war nicht nur
das Fußgelenk gebrochen, nein auch eine
Niere wurde durch den Aufprall so stark
gequetscht, dass diese nicht mehr richtig arbeiten konnte. Natürlich sei das
nicht lebensbedrohlich und sie sollten

die Hoffnung noch nicht aufgeben, was die Niere betrifft, meinte der Arzt. Aber trotzdem sollte immer vom schlimmsten Fall ausgegangen werden, was heißt, dass ihr Sohn nur noch mit einer Niere leben wird.

„Jungs, es wird schon wieder", sagte Ron, als Derek humpelnd mit Verband am Fuß und Rob an seinem Bett standen und ihn verängstigt ansahen. „Sieht schlimmer aus als es ist", scherzte Ron. „Jetzt ein paar Stunden Dialyse und dann hat sich die andere Niere an die doppelte Arbeit gewöhnt. Die andere Niere hat Derek nicht ausgehalten. Doch zu viel

Gewicht. Und das Bein haben sie genagelt, wenigstens zehn Zentimeter das Ding." „Klar, gleich bis zum Allerwertesten, du musst gleich wieder übertreiben.", meinte Rob. Derek sah nur traurig auf die Amateuren und Apparate, die leise vor sich her brummten. Seine Augen füllten sich mit Tränen. „Ich bin schuld!", murmelte er. „Quatsch Derek, ich muss dir danken, Danke Derek. Euch beiden." „Aber was ist mit deinem Knöchel, Dicka?" „Nichts weiter, mach dir darüber keine Sorgen, ist verstaucht, schön kühlen, wird schon. Deins ist schlimmer." „Dicka wenn die mir den Nagel ziehen, bekommst du ihn. Versprochen!" Derek winkte mit der Hand ab. „Na klar unser Dicka bekommt den Nagel, aber erst muss er mal wieder richtig laufen können. Aber das steckt er locker weg.", haute Rob nun Derek auf die Schulter. Ron legte jetzt die eine Hand auf die Decke. „ Los Jungs, gib fünf!" Rob und Derek legten auch die rechte Hand darauf. „War doch ein toller Trip, vergisst man nicht so schnell. Wird schon werden. Auf unsere Freundschaft!", gab Ron von sich und drückte beide Hände. „Sollten wir mal wieder machen." „Auf jeden Fall Ron", meinte Rob, „aber erst müsst ihr beide wieder fit werden, ich kann so lange mit den Bräuten rum machen!" „ Du bist ein Kunde." Stieß jetzt Derek ihn in die Hüfte, so dass Rob fast umfiel. „Erst müssen wir durch die Prüfungen", verzog Derek sein Gesicht. „Und das alles ohne Ron!" „Was, ohne Ron, warum?", fragte Rob beängstigt. „Ja das möchte ich auch wissen Dicka.", schaute ihn jetzt auch Ron fragend an. „Na deswegen, weil du da im Bett liegst!" „ Ach so, hör doch auf, nächste Woche bin ich wieder da und dann ziehen wir das durch." „Genau Dicka zur Not trägst du Ron seine Schulsachen, oder ich vielleicht…? Hast doch auch was am Fuß." „Euch schaffe ich beide, auch mit einem Bein.", empörte sich Derek. Dann ging die Türe auf und Ron seine Eltern betraten

das Zimmer. „Komm Dicka, ist Zeit zu gehen", rempelte Rob von hinten Derek an.
„Ja logisch.., wir wollten gerade. Bis
dann, Ron'i Boy", gab Derek Ron jetzt
alle fünf mit seiner Rechten. Rob tat es
ihm gleich.

 Ron musste noch drei Tage im Krankenhaus bleiben, dann konnte er mit seinem
Gipsbein nach Hause. Leicht blass und im
Rollstuhl sitzend, holten ihn die Jungs
zusammen mit Ron seinen Eltern ab. Seine
kranke Niere wurde von den Ärzten noch
nicht entfernt, sie wollten erst beobachten, ob sie Komplikationen macht
und dann später entscheiden.

Das alles ist nun schon fast 30 Jahre her, nach den Prüfungen in der Schule und dem großen Abschlussfest, haben sie sich irgendwie aus den Augen verloren. Mit einer zweiten Tour in die Berge wurde es nichts mehr. Die Ferien, ihre letzten Ferien wurden nicht so wie es die Jungs es sich erhofft hatten. Rob wurde gleich für vier Wochen nach Europa geschickt, in die Schweiz. „Das Geld und die Bergluft soll ich schnuppern.", scherzte Rob. Danach bekam Ron in der ersten Zeit noch Postkarten aus der ganzen Welt: Paris, Tokio, Hawaii, London. Derek hatte es auch nicht besser getroffen. Er ging statt der zwei Wochen, vier Wochen im

Schlachthaus arbeiten, um sich auch das Trainingslager der Rugbymannschaft leisten zu können. Ron traf ihn dann nochmal, da spielte aber Derek schon fast als Profi erfolgreich Football in der National Football League. Dieses Wiedersehen sollten beide auch nicht mehr vergessen. So haben die drei Freunde sich aus den Augen verloren, auch wenn sie sich am letzten Abend eine Freundschaft geschworen haben, wie in dem Film ~ Hangover ~. „Du wirst dann auf meiner Hochzeit tanzen Rob", sagte Ron „Und Derek kann das ganze Buffet leer essen!", spottete Rob. "Klar du Spacken, aber dann müssen wir auch richtig trinken!" „Bis zum Verlust der Muttersprache!", gab Ron dazu. Derek holte tief Luft und sah beide etwas traurig an. „Ihr werdet mir fehlen... ihr Spacken. Los, lasst euch drücken!" „Warum machen wir nicht heute schon Hangover? Saufen uns richtig weg. Was sagt ihr?" „Tut mir leid Rob, kann nicht, sonst würde ich gerne saufen, aber muss Schweinehälften schieben." „Bei mir geht auch nicht, darf noch kein Alkohol. Aber drücken können wir uns noch." „Na klar Ron, einmal richtig drücken, aber ohne küssen!" „Wer will dich auch schon küssen Rob", lachte Derek jetzt und Ron musste auch schmunzeln. Es sollte nie wieder so sein.

Ron trank sein Glas aus: „Noch einen, Jim oder stell am besten gleich die Flasche her." Jim schüttelte nur den Kopf: „Was ist mit dir los, Ron?", fragte er. ‚Das willst du nicht wissen‘, dachte Ron. Ich will es selber nicht wissen, kann es selber kaum glauben was alles passiert ist und noch passieren wird seit dem ihn der Tod besucht hat. So viel Unglaubliches, so viel Schreckliches hatte er über Ron gebracht.

2. Kapitel

Das Bild verschwimmt und Ron wurde schwarz vor Augen. „Da bist du ja wieder", hörte er die raue Stimme. Ron öffnete die Augen und die schwarze Gestalt stand vor ihm. Wo bin ich hier? Ron wollte sich losreißen, aber er war wie gelähmt. Was ist das hier? „Ron, nun höre doch auf, dich zu wehren", sagte der Tod. „Was ist das für ein Raum und höre endlich mit dem Blödsinn vom -du bist der Tod-. Du bist ein Scheißdreck, ein Spinner, ein Irrer. Ich rufe die Polizei." „Ach Ron, wie oft den noch. Langsam machst du mich ungeduldig." „Ich mach dich ungeduldig? Ich werde dir gleich zeigen, was ich mit dir mache." Ron versucht sich loszureißen, nichts passiert. „Pass auf Ron, ich werde dir beweisen dass ich der Tod bin, obwohl ich es gar nicht muss." Ron starrt mit offenem Mund die dunkele Gestalt an. „Du bist nicht ganz dicht, du erzählst was und glaubst es auch noch. Hilfe! Hilfe!" „Du kannst rufen, dich hört keiner. Aber ich wollte dir etwas zeigen." Er klappte seinen Mantel auf und anders als vorhin, waren da diesmal keine Knochen und tote Menschen. Nein, er sah einen Mann, wie dieser im Park mit seinen Jungen Ball spielte. „Pass auf Ron", sagte der Tod, „was jetzt passiert, passiert nur weil du es möchtest und mir nicht glauben willst." Ron sah immer noch auf das lebendige Bild. „Was ist das hier für ein Trick?", schrie er dann. „Wie machst du das? Wo ist die Kamera?" Ron schaute hinter den Tod und von hinten durch die Beine. Er konnte nichts finden. „Wie machst du das?" fragte er noch mal. Der Tod sah Ron an „Pass auf Ron, nur für dich, denn eigentlich ist der Mann noch nicht an der Reihe zu sterben, aber du willst es so." „Was will ich?" „Jetzt!", sagte der Tod ganz leise und langgezogen. Der Mann auf dem Bildschirm fasste sich ans Herz, brach zusammen und fiel auf die Knie.

„Was machst du?", schrie Ron und konnte seine Augen nicht von dem Bild lassen. Er sah wie der Mann zu Boden stürzte und krampfhaft sein Herz hielt. Die Jungen riefen und schrien um Hilfe. Andere Leute kamen dazu gelaufen und versuchten alles um dem Mann zu helfen. Ein älterer Mann beugte sich sofort über den Mann und drückte seinen Brustkorb, um diesen wiederzubeleben. Eine Frau, bestimmt so alt wie Ron, versuchte es mit Mund zu Mund Beatmung. Nach einer gefühlten Ewigkeit, so kam es Ron jedenfalls vor, hörte er den Rettungswagen. Der Notarzt kniete sich gleich neben den Mann, er legte eine Infusion und riss das Hemd des Mannes auf. Mit einem Defibrillator versuchte er den Herzrhythmus wieder herzustellen, ohne Erfolg. Der Mann war tot. Ron stand wie versteinert und sein Blick war wie gefesselt auf das so dramatische Vorkommnis gerichtet. Mit Angst in den Augen verfolgte er die hektischen Bewegungen und schüttelte dabei immer wieder den Kopf. Er musste mit ansehen, wie der Rettungswagen ohne den Mann abfuhr. Ron sah, wie die Polizei das Umfeld mit rot-weißem Absperrband markierte. Den Zinksarg, in den er hineingelegt wurde. Als die Polizei die zwei Jungen mit in das Polizeiauto nahm, klappte der Tod seinen Mantel wieder zu. „Genug.", kam es aus seiner tiefen Stimme. „Ja Ron, der Mann ist Tod und du hast es so gewollt." Ron sah den Tod mit aufgerissenen Augen an und schüttelte immer wieder den Kopf. Ron sackte in sich zusammen, er musste sich erstmal auf den Fußboden setzten. „Habe ich jetzt deine Aufmerksamkeit, Ron?" Ron sagte gar nichts mehr, er fasste sich vor Nervosität an den Ring am kleinen Finger und versuchte, diesen zu drehen. Aber dieser Ring war wie angewachsen. „Nochmal Ron!", blickte der Tod von oben herab. „Du hast vor einem Jahr diesen Ring bekommen. Von mir. Du wolltest damals schon sterben, bist freiwillig zu mir gekommen. Ich konnte dich aber noch nicht mitnehmen, weil du auch noch nicht bereit warst. Obwohl du genau die Voraussetzungen erfüllt hast, die mich aus meiner Bürde befreien, waren deine Aufgaben als Mensch noch nicht erledigt. Du übernimmst nach hundert Jahren von mir das Zepter des Todes, nun wirst du selbst zum Sammler der Seelen. Du kannst dich nicht dagegen wehren, dein Weg ist bereitet. Nun muss ich mit dir nur noch die Bedingungen festlegen, auch wenn es eigentlich egal ist, wie diese ausgehen. Zum Schluss bist du es, der am Ende des Lebens steht, du bist dann der Tod. Und ich bin frei und werde meine Ruhe finden." Ein dunkles Lachen schallt durch den kleinen Raum.

„Jetzt höre genau zu, ich sage es nur einmal." Ron konnte nicht glauben was hier passiert. „Das ist doch alles Quatsch. Der Mann, der gestorben ist, ist doch bestimmt ein Schauspieler, genau wie du. Wenn ihr mich erschrecken wolltet, dann ist euch das gut gelungen. Aber jetzt lasst es endlich gut sein. Ihr habt mir bestimmt Drogen gegeben, das ist doch alles nicht wahr." „Ron ich verstehe deine Verwirrtheit, aber wir haben nicht ewig Zeit, nur noch sechs Tage. Es sind aber eigentlich nur fünf Tage, am sechsten bist du der Tod. Also höre jetzt die Regeln und die Bedingungen", wird der Tod nun lauter und legt seinen langen knochigen Zeigefinger auf die Stirn von Ron. Wie ein Blitz laufen die Bilder in Ron seinen Kopf ab, als hätte jemand eine Filmbüchse geöffnet. „Höre jetzt gut zu, Ron", sagte der Tod zum widerholten mal eindringlich. „Wir werden in diesen Tagen drei Menschen sterben lassen, du hast dabei immer eine Option, entweder du sagst, wer sterben soll oder ich bestimme es. Es gibt kein Wenn und Aber, du musst Entscheidungen treffen. Oder ich treffe diese für dich. Es ist unwiderruflich, du hast keine andere Wahl. Du wirst Schmerz fühlen, aber dieser Schmerz lässt dich nicht zerbrechen, er wird dich erlösen. Glaube mir."

Ron sah jetzt genau in die dunklen Augen seines gegenüber. Und fast glaubte er ein Zwinkern zu erkennen, in der dunklen Leere. Der Tod nahm den Zeigefinger von seiner Stirn und Ron fühlte sich als hätte jemand ihm seine ganze Kraft entzogen. „Ruhe dich ein wenig aus", sagte der Tod, „morgen beginnen wir unsere Arbeit. Deine Einführung für die Übernahme meiner Position." Dunkles Gelächter füllte den Raum. „Und damit du mich bis dahin nicht vergisst, erhältst du deinen zweiten Ring, an der anderen Hand. Bis morgen Ron." Und so schnell wie er kam, so war er auch verschwunden.

Ron saß mit einem mal auf einer Bank im Park. Die frische Luft drang in seine Lungen. Er konnte sich wieder bewegen, er betrachtete den zweiten Ring. Er sah genauso aus, nein halt etwas war anders an dem zweiten Ring, er hatte einen kleinen Silberstern. Und Ron konnte ziehen und drehen, er bekam auch diesen Ring nicht vom Finger. Es wurde schon dunkel und irgendwie wusste er nicht was er machen sollte. Zur Polizei? Würden sie ihm glauben? Was soll er sagen? Er hat einen Verrückten getroffen, der sagt, er ist der Tod. Was ist mit dem Mann im Park? War es nicht dieser Park? Ron sprang auf und blickte sich um. Dann lief er wie ein Verrückter über den Rasen. Da war die Stelle, er sah noch an einem Baum das rot-weiße Flatterband. Jedenfalls den Rest davon. Nichts anderes war sonst zu sehen. Doch da, im Mülleimer, verbrauchtes Material des Notarztes. Ron blickte sich ratlos um, doch dann sah er einen Mann. Ron hastete über die Wiese, direkt auf den Mann zu. Als er ankam sah er, dass es ein Obdachloser ist. Völlig außer Atem stand er jetzt vor dem Mann und dieser sah kurz hoch und zeigte Ron einen Vogel. „Was ist bei dir verkehrt, rennst als sei der Leibhaftige hinter dir. Das ist meine Bank, verschwinde hier!", fuhr er ihn barsch an. ‚Wenn du wüsstest', dachte Ron, immer noch nach Atem ringend. Er holte Luft und keuchte dann: „War hier am Nachmittag irgendetwas passiert?" „Weiß ich doch nicht, bin doch nicht die Auskunft. Habe meinen Rausch ausgeschlafen.", sagte der Penner. „Und du solltest auch nicht so viel rennen, bist ganz schön außer Form. Würde dir was von meiner Flasche geben, aber leider leer. Und es soll dir nicht genauso gehen, wie dem Typ heute Vormittag. Tobt hier mit seinem Jungen wie ein Wilder, fällt um und stirbt. Genauso ein

Wohlstandslümmel wie du." „Was sagst du", fragte Ron entsetzt, „heute ist einer gestorben?" „Sag ich doch, der war gar nicht so alt, ich glaube die haben 32 Jahre gesagt. Aber genau müsste ich bei Sam an der Brücke nachfragen, der hat das gesehen. Einfach Herzversagen, aus die Maus. So seid ihr, kennt eure Grenzen einfach nicht. Immer mehr, immer in Hektik. Nun verschwinde hier endlich, das ist meine Bank.", schubste er jetzt Ron ein Stück. „Hey nicht anfassen!", sagt Ron. Der Penner sieht jetzt Ron von unten nach oben an und hält ihm dann die dreckige Hand entgegen. „Oder hast du Geld bei Dir? Für einen alten Veteranen.

Los! Du hast bestimmt etwas, so wie du aussiehst. Aber keine alten Stullen." Ron fasste sich in die Hosentaschen und gab dem Penner sein ganzes Kleingeld. „Oh nicht so großzügig, du Geizhals", murmelte er und zählte das Geld.   „Wie, mehr hast du nicht? Keine Scheine? Hau bloß ab du krummer Hund!" Und warf einen Stock in Ron seine Richtung. „Komm gar nicht wieder!", schrie er Ron hinterher.

Ron drehte sich stumm und verängstigt um. Das kann doch alles nicht wahr sein. Er rannte wieder, so dass die Schenkel brannten, sich Seitenstechen tief in seine Bauchgegend grub und es richtig wehtat. Er lief bis zur Hausecke in seiner Straße, dort blieb er gebückt stehen und japste nach Luft, dabei fasste er sich in die schmerzenden Hüften. Er sah zur seiner Wohnung hoch, kein Licht war zu sehen. Anne war wie immer in letzter Zeit noch nicht da. Er ging ins Treppenhaus und ließ sich einfach auf die Stufen fallen. Was ist bloß los, sein Kopf dröhnte ihm und er war so hilflos und müde. Das ist alles nicht wahr. Ich gehe jetzt einfach duschen und dann ins Bett. Es war komisch, er hatte kein Hunger. Er war nur müde. Bestimmt ist morgen alles wieder gut, sind bestimmt zu viele Tabletten.

3. Kapitel – 1.Tag

Als er wach wurde, obwohl er eigentlich nicht richtig geschlafen hatte, dröhnte sein Kopf immer noch. Er griff auf das Kissen neben sich. Es war genauso leer und unberührt wie am Abend. „Sie ist nicht da", hörte er eine Stimme.

„Wie bist du hier rein gekommen? Was willst du von mir?", schrie Ron. „Ron hast du schon vergessen, ich bin der Tod und du", sagte er jetzt lauter, „musst mich nicht einladen, ich komme wann ich will!" „Ich träume noch, du bist nicht real." „Geht das schon wieder los", sagte der Tod etwas gelangweilt. „Ich habe dir schon einen Kaffee gebrüht. Ach was würde ich dafür geben, dieses Getränk mal zu schmecken." „Na dann trink du doch den Kaffee", sagte Ron zornig. „Von dir will ich sowieso nichts, lass mich doch nicht vergiften von dir." „Ron du solltest dich an mich gewöhnen." „Na klar, du bist mein bester Freund oder was?", brüllte Ron ihm jetzt ins Gesicht. „So würde ich es nicht gerade nennen, aber obwohl, Freund finde ich gar nicht so schlecht. Wenn du es sagst, bin ich gern dein Freund." „Ich sage gar nichts", und Ron holte aus und schlug in die Richtung des Kopfes. „Lass gut sein Ron", der Tod lachte, „du kannst mich nicht schlagen."

Ron kniete am Boden: ‚das gibt es doch alles nicht'.

„Bist du jetzt fertig? Du weißt, die Zeit und unsere Abmachung." „Wir haben keine Abmachung!", brullte Ron, „wir haben ein Scheißdreck!" „Nicht schon wieder, Ron, das hatten wir doch gestern schon geklärt." „Wir haben gar nichts geklärt, wieso hast du den Mann sterben lassen? Er war doch gar nicht so alt." „Jetzt verdrehe hier mal nichts, du wolltest dass er stirbt, glaubst mir nicht, dass ich der Tod bin. Es war dann Zufall, von dir ausgesucht. Leider war er aus der Reihe, eigentlich schade um den jungen Kerl, 50 Jahre hast du ihm mit deiner

Ungläubigkeit genommen. Und nun sage nie wieder, dass ich daran schuld bin!", wurde jetzt die Stimme des Todes immer lauter. „Du armseliger Wicht, nur du mit deinem naiven denken, hast das zu verantworten. Stelle dich deinem Versprechen und jammere nicht deinem mickrigen Leben hinterher!" Die Worte dröhnten in Rons Ohren, er fühlte sich klein und hilflos. Sein Mund fühlte sich so trocken an, dass er in einem Zug die Tasse Kaffee trinken musste. Im gleichen Augenblick wurde ihm schwindelig. „Haaaa", hallte das Lachen vom Tod, „geht doch."

„Steh auf Ron" rief der Tod ihm zu. Ron öffnete die Augen. „Wo bin ich, du falscher Hund." „Was du so fluchen kannst. Wenn du mich ansprechen willst, ganz früher hieß ich Nicolas." „Du hast einen Namen? Nicolas! Das ist doch krank und wo bin ich hier überhaupt?" „Sieh dich um und sage du es mir." Ron blickte sich um. „Das ist mein altes Büro, mein alter Job, den ich voriges Jahr verloren habe. Da ist mein Schreibtisch. Aber das geht doch gar nicht, die Firma ist doch fast pleite gewesen. Meine Abteilung aufgelöst,… ich und alle anderen gefeuert worden.", stammelte Rom fassungslos. „Bist du dir sicher, glaubst du das?", fragte

der Tod. „Oder wurde bloß deine Abteilung aufgelöst und eine andere Werbeagentur ist eingestiegen? Schau genau
hin Ron, der Kalender, was steht da?"
Ron sah entsetzt auf das Kalenderblatt.
Er musste sich die Augen reiben, 1. Juni
2014 war da schwarz auf weiß zu lesen.
„Aber das geht doch gar nicht, das ist
ja eine Woche nach meinem….", Ron wollte
nicht glauben was da stand. „Das geht
doch gar nicht!", schrie er den Tod an.
„Ich bin verrückt oder was ist hier los?"
Ron schlug sich die Hände vor das Gesicht.

„Nein Ron, du bist nicht verrückt, das
ist alles real. Das ist eine Woche nach

dem du mir begegnet bist. Und nun pass schön auf, wer gleich durch diese Türe kommt.", machte der Tod Ron auf die Eingangstür aufmerksam. Ron schüttelte nur seinen Kopf. „Nein wie kann das möglich sein! Das ist doch Unmöglich.", schrie Ron. „Ganz einfach.", versuchte der Tod ihm die Situation zu erklären. „Wir sind heute in der Zeit um ein Jahr in die Vergangenheit gereist. Wir machen das nur einmal und zwar heute, einen Schritt zurück und blicken dorthin wo für dich der Schlüssel deiner ganzen Entscheidungen liegt, bei deiner alten Arbeit. Dieses können wir aber nur einmal tun und

es muss in dem Zeitraum des Jahres liegen, wo wir uns zum ersten Mal begegnet
sind. Verstehst du das?", fragte er Ron
und sah ihm direkt in die Augen. Ron war
wie paralysiert. „Ich verstehe gar
nichts.", antwortete er leise. „Das
kommt schon noch, schau einfach hin!" Ron
betrachtete die Umgebung und schüttelte
immer wieder den Kopf. „Ron, wir sind
hier, in deinem alten Büro, wo dein Chef
dich so verarscht hat. Du der studierte
Werbefachmann….., aber erzähle du es mir
lieber", sagte der Tod und legte seine
knochige Hand auf Ron. „Verschwinde!",
Ron schüttelte sich. Auf einmal war al-

les wieder so präsent. Die letzten Monate seiner Arbeit, die vielen Überstunden. „Es ging um einen riesen Werbeauftrag, wir brauchten diesen unbedingt, um die Firma zu retten. Meine Abteilung stand auf dem Spiel. Ich habe alles versucht, mich aufgeopfert, das Team hat sich reingekniet. Wir fanden unsere Idee unschlagbar gut. Tag und Nacht war ich im Büro mit den anderen. Immer wieder neue Entwürfe gemacht, bis wir das fertige Produkt hatten. Das war sehr gut. Dann kam mit der Ausschreibung unsere Hoffnung auf den Zuschlag für das Projekt. Leider sollten wir nur ein Fax erhalten, mit ,vielen Dank' und bla, bla,

bla. Wir haben nicht den Zuschlag bekommen. Es gab eine andere Werbeagentur, dessen Konzept angeblich besser war. Hinter vorgehaltener Hand wurde gemunkelt, dass diese sich eingekauft hätten. Wir waren mit unserem Projektentwurf, mit meiner Idee, gescheitert. Jetzt hatte ich die ganze Abteilung ruiniert, alles gegen die Wand gefahren. Nun sollte das ganze Team aufgelöst werden, alle Arbeitsplätze wegrationalisiert. Von heute auf morgen. Die Werbeagentur die gewonnen hatte, kaufte sich gleich ins Unternehmen ein. Das habe ich nicht ausgehalten, an dem Tag, die vorwurfsvollen, traurigen Blicke der anderen Arbeitskollegen. Nur weil unsere Idee, meine Idee, schlecht war. Ich habe einfach versagt. Mit Anstand sollte ich gehen, drei Wochen gab der Chef mir und dem Team. Einfach so gekündigt nach 20 Jahren. Wir haben nicht mehr miteinander geredet. Keiner wollte auch nur noch einen Tag in die Firma gehen. Mir blieb doch gar keine andere Lösung, ich habe das nicht ertragen. Die Schuld für alles, es war so erdrückend. So wollte ich nicht leben.   Hatte alles so schön geplant gehabt. Es wäre perfekt geworden, die Versicherung hätte meine Frau ausgezahlt, es hätte wie ein

Unfall ausgeschen, wenn nicht dieses blöde Pärchen gekommen wäre." Ron kamen die Tränen. „Nun hör auf zu heulen", sagte der Tod, „schau lieber mal, wer da kommt." Die Bürotür ging auf und sein Chef kam freudestrahlend herein, dann weitere Angestellte, die Ron noch nie gesehen hatte. Er musste sich erst mal die Augen wischen. ‚Wer sind die?', dachte Ron. Da ergriff sein Chef schon das Wort: „Ich möchte Ihnen, werte Mitarbeiter, unseren neuen Investor und Werbefachmann vorstellen, den sie eigentlich alle schon kennen. Einen kleinen Applaus, wenn ich bitten darf, für Rob Braun." Ron dachte, er hätte sich verhört, nein das kann doch nicht sein. Er konnte seinen Augen nicht glauben, sein alter Freund Rob stand nun mitten im Raum. Braungebrannt und gutaussehend, voller Selbstbewusstsein, in einem legeren Anzug stand er da. Rob war der Kontrahent, er war der mit der Werbeagentur und dem Geld. Nein das kann nicht sein. „Rob", schrie Ron, „Rooob, hörst du mich." „Er hört dich nicht, das ist Vergangenheit." „Das gibt es doch alles nicht, Rob, das ist mein Freund Rob. Er kann doch nicht schuld sein", jammerte Ron, „Nicht Rob!"

„Sei beruhigt", sagte der Tod, „er wusste nichts von dir und deinem Schicksal. Aber was weißt du überhaupt von Rob? Was hat er gemacht nach der Schule, nach all seinen vielen Reisen. Du weißt doch seine Eltern hatten Geld und womit verdienten sie das Geld?", blickte der Tod nun Ron fragend an. Ron dachte angestrengt nach, es fiel ihm schwer, sich zu konzentrieren, seine Gedanken schwirrten nur so durch den Kopf. Er konnte nicht klar denken, alles war so unwahr. Er gab sich eine Backpfeife. „Haha", lachte der Tod düster, „das ist gut. Soll ich auch mal." „Verschwinde von mir, lass mich in Ruhe du kranker Typ."

Ron wollte sich konzentrieren, was hatten Rob seine Eltern gemacht? - es fiel ihm nicht ein. „Ich sag es dir", wollte der Tod helfen. „Nein, sei ruhig, lass mich, ich komme gleich darauf." Das gibt es doch nicht, so ein Mist. „Ich Idiot", schlug sich Ron mit der flachen Hand an die Stirn. Das kann doch nicht sein. Warum ist mir das nicht früher eingefallen, wie kann ich so doof sein. Ron schlug sich nochmal mit der Hand an die Stirn. „Werbung!.. Seine Eltern hatten eine Werbeagentur, dazu eine erfolgreiche", flüsterte er fast. „Genau Ron", nickte der Tod. „Und dein Freund Rob der zwar nie studiert hat, musste irgendwann

die Agentur übernehmen. Familientradi-
tion. Denn wie du weißt, war dein Freund
Rob doch nicht dumm, sondern immer nur
etwas faul. Aber als der Chef für die
Agentur, war er wie geschaffen. Eure
Firma und deine kleine Abteilung, waren
für ihn nur ein weiterer Baustein zum
Erfolg. Ein Kontrahent weniger auf dem
Markt. Und glaube mir, er wusste nicht
dass du dort angestellt warst. Aber das
ist auch egal oder?" „Ja das ist scheiß-
egal, hätte ich das gewusst, Rob", sah
Ron jetzt traurig auf Rob. „Zum Glück
hast du es nicht gewusst, dann wärst du
bestimmt nicht zu mir gekommen, sondern
du wärst zu Rob gegangen." „Ich bin nicht

zu dir gekommen" empörte sich jetzt Ron, „ich kenne dich nicht." ;Und die Ringe? Die verdammten Ringe?', dachte Ron. „Aber warum zeigst du mir das? Willst du wieder jemanden töten?" „Ron das ist Vergangenheit, dort kann selbst ich keinen mehr abholen. Du sollst nur sehen warum du zu mir gekommen bist. Ich verspreche dir, ab morgen bleiben wir im heute." „ Du willst mir was versprechen? Bullshit!" Ron schaute ungläubig dem Treiben im Büro zu, wie Rob die Frauen charmant, höflich und immer etwas verführerisch unterhielt. Wie er intelligent, redegewandt und fachmännisch sich mit seinem alten Chef unterhielt. Wie er den neuen

Vertrag, unter tosenden Beifall, unterzeichnete. Ron lauschte den Gesprächen wie ein Kinobesucher, mehr wie ein Voyeur. Der Tod beobachtete Ron ganz genau. Ron merkte dabei gar nicht, dass die Zeit sehr schnell verging. Ron war so fasziniert von dem Geschehen, das er alles um sich vergaß. Es amüsierte ihn auf eine seltsame Art und Weise, wie sein alter Freund Rob, den er solange nicht gesehen hatte, sich bewegte und unterhielt. Wie gerne hätte er auch mit ihm geredet. „Es reicht", der Tod tippte Ron auf die Schulter. Dieser war so gefangen, dass er erschreckt zusammenfuhr.

„Es reicht", sagte der Tod nun eindringlicher. „Es wird Zeit, dass wir gehen."
„Klar, du sagst ‚wir gehen', dann gehen
wir. Immer schön das Sagen haben - und
wenn ich nicht will?", versuchte Ron sich
gegen den Willen des Todes zu stellen.
„Es geht nicht darum, was du willst,
heute noch nicht!", schüttelte dieser
unmerklich den Kopf. „Die Vorstellung
ist zu Ende, wir gehen" „Und wenn ich
nicht will? Was machst du dann? Mich töten?… Antworte! Da bleibt dir der Mund
offen, NICOLAS!" Ron zog die Buchstaben
lang. „Wir gehen, jetzt!", sagte der Tod
regungslos und berührte Ron am Arm.

Bevor Ron auch nur noch was sagen konnte, stand er wieder vor seiner Wohnung. Ron blickte nach oben, kein Licht. „Wo ist deine Frau?", wollte der Tod wissen. „Anne arbeitet halt viel, was geht es dich an." „ Nichts, du wirst es schon wissen, bis morgen Ron."

Und im gleichen Augenblick stand Ron alleine da.

4.Kapitel

„Jim die Flasche ist leer, bringe mir
noch eine Neue!" Was soll er nur machen.
Die ganze Woche war so schlimm, nie hätte
er gedacht, dass er das aushält. Aber
hält er es überhaupt aus? „Ron es geht
mich nichts an, aber du trinkst zu viel.
Soll ich deine Frau anrufen? Hast Du Sorgen, ist irgendwas passiert?", wollte
Jim wissen. „Es ist gerade mal Mittag
und du betrinkst dich!" Ron sah aus dem
Fenster. „Lass gut sein Jim, stell die
Flasche hin." „ Kann ich dir irgendwie
helfen?" „Danke Jim, du kannst mir nicht
helfen. Ich sag dir was Jim, vor Jahren

habe ich mal eine Niere bekommen, Dachte immer das ist mein zweiter Geburtstag, aber eigentlich war es nur ein Kettenglied!" „Ich verstehe dich nicht.", sagte Jim und ging wieder zum Tresen.

Sechs Jahre nach dem Wochenendtrip mit Rob und Derek in die Berge und nach dem tragischen Unfall bekam er Probleme mit seiner gesunden Niere. Es waren die wilden Studentenpartys, zu viele leichte Drogen, mehr das Joint rauchen und der Alkohol. Sich einfach gehen lassen, jung fühlen und das Studentenleben genießen. Dann natürlich das Lernen, sein Volontär Job bei der Zeitung, der Job als Kassierer, um die Partys zu finanzieren. Der ganze Stress war zu viel für seine eine gesunde Niere. Sie wollte nicht mehr. Eines Tages ist Ron einfach zusammengebrochen auf den Unicampus. Er war gerade auf dem Weg zur Aula, als ihm schwindelig wurde. Schon am Morgen hatte er die Schmerzen gespürt im Rücken, konnte nicht richtig Wasser lassen. Dachte er hätte sich verkühlt, in der langen Nacht davor bei der Party auf der Terrasse.

Edgar, der Zimmermitbewohner, sah es Ron gleich an. Sein blasses mit kaltem Schweiß bedecktes Gesicht. „Hab ich dir nicht gesagt, du sollst trinken…Ron!", schrie er ihn an, aber Ron war wie im Tunnel. Er hörte die Stimme von ganz weit weg. Der Schmerz im Rücken, der trockene Mund. Alles drehte sich. Ron ließ sich einfach fallen. „Ron…Ron!", rief Edgar immer wieder. „ Bleib hier…!" Mit der einen Hand fühlte Edgar den Puls und mit der anderen wählte er den Notarzt. Es dauerte fünfzehn Minuten, die Edgar wie eine Ewigkeit vorkamen, bis endlich der Notarztwagen auf den Campus bog. Um die beiden hatte sich jetzt schon eine Menschentraube gebildet, so dass dieser Schwierigkeiten hatte, an Ron heranzukommen. Edgar hatte Ron in die stabile Seitenlage gelegt. „Gut gemacht", sagte ein Sanitäter und der Notarzt legte sofort einen Zugang für eine Infusion. Dann ging alles ganz schnell, Ron wurde in den Notarztwagen gelegt und dieser fuhr dann mit Blaulicht und Sirene, mit quietschenden Reifen vom Campus. Edgar konnte nur noch hinterher schauen.

Nun war es ein akutes Nierenversagen. Ron sein Leben hing am seidenen Faden. Es war sehr kritisch. Als er im Krankenhaus wach wurde, saß seine Mutter mit verweinten Augen und dunklen Augenrändern an seinem Bett. „Ron mein Junge, was machst du bloß?", hörte er ihre sorgenvolle Stimme. „Es ist so schön, dass du wieder wach bist." „Durst", kam krächzend aus seinem trockenen Mund. In den Augenblick ging auch schon die Tür auf, ein Arzt und eine Krankenschwester betraten das Zimmer. „Da ist er ja wieder", sagte der Arzt. „Wie ist denn das Befinden?", beugte er sich über Ron. „Können Sie bitte mal, meinem Finger folgen." Ron verfolgte mit seinen Augen den Zeigefinger. „Gut, und nun, spüren Sie das hier?", fragte der Arzt, wobei er schon mit einem Stab Ron seine Fußsohlen berührte und dann noch in den rechten Arm kniff. 'Ja, ich spüre das, wenn du mir in den Arm kneifst und jetzt gegen die Zehen haust', dachte Ron. „Sieht doch erstmal alles gut aus. Keine auffällige Bewusstseinsstörung, Reflexe normal. Wir werden Sie jetzt erstmal wenden und das

Bett frisch beziehen. Können sie das ver-
anlassen, Schwester?", blickte der Arzt
jetzt aufmunternd zu Ron. „Wir sehen uns
dann nachher, Herr Forster." „Durst!"
„Darf mein Sohn etwas trinken, Herr Doktor?" „Ja natürlich, aber erstmal nur die
Lippen mit dem Schwamm befeuchten, immer
peu à peu. Kann ich Sie dann mal bitte
kurz sprechen, Frau Forster?" Ron wusste
gar nicht, was hier passiert ist, er
machte die Augen zu und schlief weiter.

„Drei Tage lagst du im Koma, du kannst
dir gar nicht vorstellen was wir uns für
Sorgen gemacht haben", erzählte ihm sein
Bruder Fred. „Wir machen uns noch immer

Sorgen", sagte seine Mutter mit einem tiefen Seufzer. „Warum, es geht doch schon wieder ganz gut, noch etwas Dialyse und ich bin hier raus", meinte Ron. „So einfach ist das nicht mein Sohn. Du hattest doch nur noch eine Niere und die arbeitet auch nur noch zu 50%. Das hat der Arzt gesagt." „Was, das kann doch nicht sein, und nun?" Erschrocken vor Angst blickte Ron hilfesuchend seine Mutter an. „Das hättest du dich schon viel früher fragen sollen", fuhr ihn sein Bruder Fred barsch an. „Nein Fred, nicht hier!" „Ist schon gut Mama, lass ihn ruhig. Er hat doch recht." „Wir haben uns schon alle testen lassen, dein Vater, deine Schwester, Fred und ich. Leider, und das ist eigentlich so unwahrscheinlich gewesen, ist keiner von uns mit dir kompatibel. Das gibt es eigentlich nicht, aber bei uns ja. Das ist zum Verzweifeln." Seine Mutter fing an zu weinen. „Ach Mama, dann halt den Apparat hier", versuchte Ron die Sache runterzuspielen und zeigte mit der Hand auf das Dialysegerät. „Na klar, immer mach kleiner Bruder. Immer alles locker sehen. Was du uns damit antust. So unverantwortlich von dir. Du kannst sterben!" Fred winkt mit der Hand ab. „Ich muss hier raus. Ist doch auch egal." Die Tür flog ins

Schloss. „Es wird schon mein Junge." Mutter streichelte ihm übers Haar. „Du kommst auf die Spenderliste, und mit ein wenig Glück bekommst du auch bald eine andere Niere." „Wie lange, Mama? Nun sag schon, du weißt es doch oder?", bohrte jetzt Ron fragend nach. „Was, wie lange?", versuchte seine Mutter abzulenken. „Wie lange lebe ich noch?" Traurig sah sie Ron an, dann streichelte sie seinen Kopf. „Ich komme morgen wieder, mit Dad. Hab dich lieb mein Junge." Sie küsst ihn auf die Stirn und schloss leise die Tür hinter sich.

Nach nur einer Woche durfte Ron das Krankenhaus wieder verlassen. Das Studium und das Internat waren für Ron tabu. Viel Ruhe war an der Tagesordnung für Ron, aber auch viele Dialysetage als Tagesgast. Ron sein tägliches Leben hatte sich drastisch verändert. Immer wieder begleiteten ihn auch die vorwurfsvollen ängstlichen Blicke seiner Mutter. Dagegen war sein Vater regelrecht unterkühlt zu ihm. „Du musst es wie ein Mann tragen, Junge!", sagte er immer. „Jeder trägt seine eigene Last!", waren die Sätze die sich Ron merken konnte. Dann kam der Tag, an dem der Arzt sagte: „Heute müssen sie in der Klinik bleiben Herr Forster. Wir

haben für sie ein Einzelzimmer vorberei-
tet." „Jetzt schon?", dachte Ron laut.
„Ich dachte es dauert noch ein halbes
bis dreiviertel Jahr?" „Sie merken doch
selbst wie schlecht es ihnen geht und
dass die Abstände zur Dialyse immer kür-
zer werden. Leider lässt sich das nicht
immer so genau vorhersagen. Leider! Es
tut mir leid Herr Forster." Ron sah be-
trübt auf seine Wolldecke, die ihn immer
von der Krankenschwester umgelegt
wurde." Haben sie noch Fragen? Sonst wird
sie Schwester Lenore in ihr Zimmer bringen. Nachher schaue ich nochmal vorbei
bei ihnen." Ron konnte nur schlucken, so

sprachlos war er. Das traf Ron jetzt doch unerwartet.

Als die Tür aufging, konnte er seinen Augen nicht glauben: "Ron'i-Boy mein Freund, warum liegst du hier, du Spacken?" Er war es sein Freund Derek, Ron schossen die Tränen in die Augen. „Derek!", konnte er gerade noch sagen, da lag Derek ihm schon am Hals. „Du weinst ja Dicka" „Quatsch nicht so Blödsinn mein Freund. Das ist die Luft hier im Krankenhaus." „Du siehst aber gut aus!" „ Was ich von dir nicht sagen kann, Ron! Früher war es irgendwie andersrum." „So schlimm kann ich nun auch nicht aussehen, dass…., ich freue mich so Derek."

„Ich mich erst." „Was machst du eigentlich hier?", wollte Ron wissen. „Mein
Sohn ist gestern geboren." „Glückwunsch,
Dicka ist Vater, Wahnsinn. Ich wusste gar
nicht, dass du eine Frau hast. Entschuldigung, ich erzähle Mist, ich freue mich
so Derek." „Alles gut, haben uns auch
lange nicht gesehen, habe Lisa geheira-
tet, ja genau die Lisa aus der Schule."
„Du bist verheiratet? Mit Lisa?" Ron
musste staunen. „Da biste baff was, der
dicke Derek und die flotte Lisa!"
„Quatsch…., na gut, ein wenig", stammelte jetzt Ron. „Das musst du mir mal
genauer erzählen." „Oh das ist eine lange
Geschichte", lächelte Derek." Dann fang

lieber früher an, so lange habe ich nicht mehr Zeit.", frotzelte Ron jetzt. Derek sah ihn jetzt traurig an. „Du machst auch Sachen, kannst du dich nicht einmal vom Krankenbett fernhalten?.... Ach Scheiße, entschuldige Ron." „Ist schon gut Dicka. Brauchst dich nicht entschuldigen. Und sonst so? Spielst noch Rugby?" „Nö, damit war nach der Schule Schluss. Habe dann meine Ausbildung in der Schlachterei gemacht. Bis eines Tages, das war noch im selben Herbst, mich ein Scout auf dem Sportplatz gesehen hat. Der meinte, ob ich nicht mal zum Probetraining der Footballmannschaft kommen möchte. Und jetzt bin ich fast Profi, spiele in der zweiten Mannschaft. War ganz schön Stress, arbeiten gehen, dann Training. Am Wochenende und auch in der Woche immer noch unterwegs wegen der Spiele. Aber Ron, es hat sich gelohnt." Holte er so freudestrahlend Luft und seine Augen funkelten. „Mein Traum könnte wahr werden. Ich werde dieses Jahr zu einer Profimannschaft gehen. Weißt du, was das bedeutet? Viel mehr Geld, nicht mehr in der Schlachterei arbeiten. Endlich habe ich das erreicht, was ich wollte und dazu noch Lisa und Dylan. Was soll ich sagen, zurzeit ist alles so per-fekt Ron'i-Boy." „Das finde ich gut, freue mich für dich, Dicka." Sie redeten über alles, als würden keine Jahre zwischen ihnen liegen. Derek kam fast eine Woche jeden Tag in sein Zimmer, es war wie früher, nur Rob fehlte. Derek war so glücklich, wenn er von seinem Leben erzählte, von seinem Sohn Dylan, dass der Manager von einem NFL- Team da war und er jetzt einen Vorvertrag für die neue Saison unterschrieben hat, wenn auch noch mit einer Option für die zweite Mannschaft. Das Gehalt war gigantisch. Derek erzählte, wie er seine Frau Lisa kennen lernte. „Quatsch du hast ihr doch nicht den Drink übers Kleid gekippt.", musste Ron lachen. „Doch, wenn ich es dir sage,.. ich kam da aus dem Klo und rums. Kennst doch mein Gewicht und Tollpatschigkeit" „Und du: ‚oh soll ich dir einen holen', oder was?" „Genau, es ist, als wärst du dabei gewesen. Aber so war es. Lisa hatte mich ganz baff angeschaut. "Ron musste lachen. „Und dann?", wollte er dann wissen. „Habe ich erstmal einen Drink geholt, naja ging ja nicht so viel auf die Bluse. Sie war schon mächtig sauer auf mich, aber andersrum, fand sie es auch wieder gut, glaube ich." Derek musste erst mal nachdenken. „Nun mach es nicht so spannend, Dicka, erzähl weiter." „Wir haben, was du nicht glauben wirst, den ganzen Abend geredet. Und nach

der Feier habe ich sie nach Hause gebracht. So hat es angefangen mit meiner
Lisa. Und jetzt haben wir einen Sohn,
der kleine Dylan." So stolz sagte Derek
das. Nur dieser Unfall von damals und
dass Ron jetzt hier im Krankenhaus lag,
dass machte ihn doch traurig und nachdenklich. Fast jeden Tag sagte er: „wäre
ich doch damals nur nicht ausgerutscht."
„Es ist wie es ist, Dicka, hätte ja auf
die andere Niere besser aufpassen können. Es ist schön, dass du hier bist."
Ron dachte, wenn das die letzten Tage
meines Lebens sein sollen, dann ist das
in Ordnung. Derek war ein super Freund
und er hat so viel mehr aus seinem Leben

gemacht als ich. „Dicka, ich bin so stolz auf dich", drückte Ron dabei seine Hand. „Du hast immer an dich geglaubt und bist jetzt das, was du immer werden wolltest. Ein Profi!" „Quatsch", wurde Derek leicht rot. „Doch,…ich beneide dich ein wenig…. Hast sogar schon einen Jungen und eine tolle Frau." „Naja wenn du das sagst", wackelte Derek mit dem Kopf. Aber jedes Mal wenn Derek auf das Dialysegerät sah, wurde er immer ruhig und nachdenklich. „Nur dass du hier so liegst, das gefällt mir gar nicht Ron'i-Boy", sagte er dann immer leise. „So ist es halt, ich trage dir nichts nach, Dicka."

Bis Derek dann auf einmal nicht mehr kam. Ron dachte, dass Lisa und sein Sohn entlassen worden sind, und er deshalb nicht mehr im Krankenhaus war.

„Herr Forster, wir werden Sie sofort operieren." Ron glaubte, er hat sich verhört, er konnte nichts sagen. Mit müden Augen sah er den Doktor an. „Wir haben einen Spender, wir bereiten Sie sofort vor. Haben Sie mich verstanden?" Noch immer sah Ron erstaunt zum Doktor. „Herr Forster, ich hätte jetzt mehr Begeisterung von ihnen erwartet." „Sie sehen mich sprachlos, denn ich weiß nicht was ich sagen soll", brachte Ron über die Lippen. Ron zitterten die Hände, sein Mund

wurde ganz trocken. Wie immer wenn er
aufgeregt war. „Eins hätte ich gerne gewusst, können Sie mir sagen, wer es ist?
Ich hoffe der Mensch ist nicht gestorben? Das würde ich nicht gut finden."
„Nein, es ist eine Lebendorganspende und
mehr kann ich nicht dazu sagen, das unterliegt leider der ärztlichen Schweigepflicht. Es hat sich vor kurzem erst er-
geben und nun muss es schnell gehen.
Also, wir sehen uns gleich im Operati-
onssaal. Und haben Sie keine Angst,
schlimmer kann es nicht werden!" Ron muss
jetzt komisch geschaut haben. „War ein
Scherz Herr Forster, alles wird gut. Versprochen." „Können Sie mir noch sagen ob

Sie heute schon Derek gesehen haben? Er war gestern und heute noch nicht hier, dabei muss ich es doch Derek sagen. Können Sie ihm bescheid sagen? Er heißt Derek Köby." Der Arzt hielt kurz inne und sah Ron an, so als wollte er was erwidern. Doch dann drehte er sich um und sagte beim heraus gehen: "Wir werden es machen, bis gleich."

Die Operation verlief ohne Komplikationen, der Heilungsverlauf war genauso, wie er sein sollte. Das fremde Organ, die Niere, sie funktionierte. Ron seine Gesundheit verbesserte sich täglich, seine Familie war happy. Jeden Tag kamen sie, wer nur nicht mehr kam, war Derek.

Seit den Tagen vor der Operation hatte er nichts mehr von Derek gehört. Weder eine SMS noch sonst irgendetwas. Aber es blieb Ron keine Zeit, weiter darüber nach zu denken und allmählich geriet Derek so fast in Vergessenheit. Nach dem Klinikaufenthalt musste Ron ins Reha Zentrum in eine andere Stadt. Er hatte eigentlich keine Lust mehr auf weitere Krankenbetten, er wollte lieber raus. Aber das war nicht möglich. Er musste drei Wochen lernen, mit der neuen Niere zu leben. Dafür sollte er Sport, Ernährung, alles was gesund ist, vermittelt bekommen. Am meisten ärgerte ihn, das noch lange Fahren in eine andere Stadt.

Diese andere Stadt sollte aber bald sein neues zu Hause werden. Und das für immer. Weil Ron seine Frau fürs Leben finden sollte. Sie kam in sein Leben und Ron war sich sofort so was von sicher: das ist oder wird meine Frau. Entweder Diese oder keine, dachte Ron. Gleich beim ersten Anblick, der erste Augenblick, als sie zum ersten mal in sein Krankenzimmer kam, mit ihrem Lächeln, den großen blauen Augen, die Haare zu einem Zopf gebunden, alles war so perfekt. Sie war so schön und sah so Klasse aus, Ron konnte nicht woanders hinschauen. „Hallo Herr Forster. Ich bin Schwester Anne. Wie geht es ihnen?" Ron konnte nur „ja, hallo" stottern. „Hm ich merke schon, Sie sind noch nicht angekommen. Wenn Sie was brauchen, einfach klingeln. Essenplan lege ich ihnen hin, einfach ankreuzen. Richten Sie sich erst mal ein, ich komme dann wieder." Schon war sie aus der Türe. „Halt!", wollte Ron rufen, aber es kam kein Ton raus. Er ließ sich aufs Bett fallen und war glücklich.

5.Kapitel 2.Tag

Ron stand im Bad und betrachtete sich im Spiegel, sein grauer Bart und seine müden Augen blickten ihn an. Anne war vor kurzem aus der Wohnung gegangen, viel hatte sie nicht gesagt. „Haben wir uns gar nichts mehr zu sagen?", fragte Ron „Was du immer reden willst. Wie siehst du überhaupt aus? Bist du krank?" „Ich? Krank, nein. Es ist…" Ron überlegte, ob er was sagen sollte. Was sollte er den sagen, ‚ich bin dem Tod begegnet', und? Das ist doch absurd. „Wir sehen uns, kann wieder spät werden." Ron betrachtete sie, sie sah auch jetzt noch wundervoll und attraktiv aus.   „Musst du schon los?“ Aber Anne antwortete nicht mehr, er hörte nur noch wie die Tür ins Schloss fiel. Nur noch der Duft ihres Parfüms blieb in der Luft zurück. Das Gleiche, wie am ersten Tag, er mochte es so an ihr. Er liebte sie noch, oder? Doch, es war seine Anne, aber wie sollte er es ihr sagen. Was würde aus ihr werden? Sein Magen drehte sich um und er musste erstmal spucken. „Was soll der ganze Scheiß!“, schrie er in den Spiegel. „Oh“, hallte es dunkel durch die Wohnung. „Ron hat schlechte Laune! Wegen mir musst du dich auch nicht rasieren.“ Lachte der Tod jetzt düster. Ron erblasste, als er den

Tod hinter sich sah. „Du schon wieder! Kannst du nicht anklopfen!" „Oh, seit wann klopft der Tod an? Du bist schon naiv, Ron!" „Und du bist hier nicht erwünscht, verschwinde!" „Verschwinde sehr gerne, aber erst musst du deinen Vertrag erfüllen. Nur deshalb bin ich hier." Ron betrachtete den Tod. „Wie ist das, was machst du eigentlich den ganzen Tag? Stirbt keiner, dass du mich so nerven kannst?" „Ihr Menschen, immer leben nach der Uhr, alles geregelt und geplant. Der Tod lässt sich doch nicht in Zeiten festhalten. Aber das wirst du auch noch lernen. Ich hole mir die Seelen wann und wo ich will. Meinst du, ich muss jemanden fragen, ich bin der Tod!" Ron betrachtete ihn. „Warst doch selbst mal ein Mensch oder nicht, Nicolas? Warum bist du dann so herzlos zu den Menschen? Und du glaubst doch nicht, dass ich auch so werde. Niemals!" Der Tod ging auf Ron zu und berührte ihn am Arm. Im selben Augenblick standen sie in dem Raum von gestern. „Was soll der Mist, ich habe mich noch nicht gewaschen!" „Waschen, haha", lachte der Tod düster. „Du weißt wo du hier bist, es ist der Warteraum der Seelen, dein Arbeitsplatz lieber Ron. Hier wirst du deine täglichen Listen abarbeiten." „Na klar, was für Listen?" „ Es sind zwei Listen, auf der einen stehen die Namen der fälligen Seelen und auf der anderen die zufälligen Seelen." Ron tippte sich mit dem Finger an die Stirn und schüttelte den Kopf. „Ron, nachdem du die Seelen eingesammelt hast, bringst du sie durch diese Tür." Der Tod öffnete eine schwere Tür, die weder eine Klinke, noch einen Knauf hatte. Ron sah eine große Halle, die aber mehr einem Bahnhof ähnelte. „Das ist der Bahnhof der See-len. Hier bringst du, ja Ron, du als der Tod, die Seelen hin." Ron starrte fas-sungslos in das geordnete Wirrwarr, so viele Seelen, so viele Tode. „Mach das weg!", schrie er. „Ich will das nicht sehen." „Ist gut, kann ich dir auch noch morgen erklären.", zeigte der Tod sich einsichtig. „Dann komm!", sagte der Tod. „Ich bringe dich woanders hin." „Fass mich nicht an! Du bist doch krank, das alles ist krank. Ich will hier weg!" Der Tod berührte ihn und im selben Augenblick saß Ron im Warteraum eines Krankenhauses. Er blickte sich um, er war alleine, der Tod war fort. ‚Zum Glück', dachte er. ‚Aber was soll ich hier?' Ron stand auf und wollte gerade die Tür öffnen, als er jemand Bekanntes sah. ‚Das kann nicht sein', dachte er. „Hallo Lisa, du bist doch Lisa oder?" Die Frau drehte sich um und sah Ron an. "Na klar bist du Lisa, ist Derek nicht dein Mann? Wie geht es ihm, habe lange nichts gehört von ihm. Ist das schön. Aber was machst du hier?" „Wer sind Sie? Sie kennen Derek?" „Ich bin es, Ron Forster. Wir sind doch auf die gleiche Schule gegangen." „Ron Forster?" Sie weinte. „So schlimm?" Ron wollte sie in die Arme nehmen, eigentlich wollte er auch weinen. Aber irgendetwas sagte ihm, dass hier was nicht stimmt. „Wo ist Derek?" Lisa sah ihn mit ihren verweinten Augen an und deutete mit dem Kopf in die Richtung der Intensivstation. „Wie, da ist Derek, was hat er?" Und wieder fing Lisa an zu weinen. Sie brachte kein Wort raus. Ron suchte in

seinen Hosentaschen nach einem Taschentuch, welches er Lisa reichte. „Ist sau-
ber", sagte er. Ron ließ Lisa stehen und
ging in die Intensivstation. „Hallo, zu
wem möchten Sie?" fragte die Schwester
„Ich? Zu Derek Köby." „Zimmer 034, aber
sind sie ein Angehöriger?" „Er gehört zu
mir", sagte Lisa hinter ihm. Im Gang kam
ihnen ein großer stattlicher junger Mann
entgegen, zuerst dachte Ron es ist ein
Arzt, wegen des grünen Kittels. Aber die
waren hier für Besucher Vorschrift.
"Hallo Mama." Er gab Lisa einen Kuss auf
die Wange. Seine Augen waren irgendwie…,
genau, er sah wie Derek aus. „Das ist
Dylan, unserer Sohn", stellte Lisa ihn

vor. „Das ist Herr Forster, Ron Forster!", betonte sie es nochmal. Ron wollte gerade die Hand reichen, aber Dylan sah ihn nur vorwurfsvoll an. „Sie, du bist der Typ, weshalb mein Vater stirbt! Was willst du hier? Verschwinde!" „Dylan, nicht!" „Ich gehe jetzt, Mutter, ich will den Typ nicht sehen. Und er sollte auch nicht hier sein. Verschwinden Sie! Bis dann Mama!" Ron wusste nicht was er sagen sollte. Derek stirbt. Aber warum? „Du musst dir einen Kittel anziehen", sagte Lisa und zeigte zu den grünen Einwegkitteln. Sie betraten das Zimmer und da lag er, Derek, an Schläuche und Infusionen

angeschlossen, man hörte nur das mono-
tone Geräusch der Atemmaschine. „Was ist
mit ihm?" Lisa nahm die Hand von Derek.
Ron erkannte ihn fast nicht wieder, so
dünn und verändert sah sein Freund Dicka
aus. Ängstlich blickte er auf ihn. Dort,
wo an seinen Armen keine Infusion hing,
waren blauverfärbte Einstichstellen. Die
Augen lagen tief und dunkel, sie waren
halb geöffnet. „Er stirbt! Er liegt seit
drei Wochen im Wachkoma. Ist einfach um-
gekippt. Seine Organe versagen nach und
nach. Hat alles mit den Nieren begonnen.
Wie du weißt, hat er nur noch eine." Sie
sah Ron vorwurfsvoll an. „Nein, was? Warum hat er nur noch eine Niere? Kann man

nichts machen? Derek ich bin hier, dein Freund Ron'i-Boy." Ron kamen jetzt die Tränen. Er griff nach Dereks Hand, die so dünn war. „Es gibt keine Hilfe", sagte Lisa „ Nur die Erlösung!" Ron sah sie an. „Ich kann nur den Schalter umlegen." Ron wurde übel, er musste hier raus. „Es tut mir leid Lisa, ich muss hier raus. Mir ist schlecht." „Ja geh nur." „Komm bitte mit, lass uns einen Kaffee trinken." Er streichelte Dereks Hand.

„Möchtest Du noch was, Lisa?" „Nein der Kaffee reicht mir." Ron konnte das nicht glauben, was Lisa ihm alles erzählt hat. Nun wusste er warum Derek nicht mehr nach der Nierenoperation zu ihm kam, er hatte

es die ganzen Jahre vermutet. Derek war
der Spender. „Er war so froh als er Dich
im Krankenhaus traf. Aber er war auch so
zerrissen, dich dort liegen zu sehen. Für
dich hat er alles aufgegeben, er hat sein
Traum geopfert. Du warst ihm wichtiger
als seine Sportskarriere. Als der posi-
tive Bescheid kam, war er nicht mehr ab-
zubringen. Ich habe auf ihn eingeredet,
er sollte an seinen Sohn denken, an seinen Sport, an mich. Aber Derek sagte nur,
Ron hat mich so gemocht wie ich war, der
dicke Junge, den alle hänseln wollten.
Da ist dieses unsichtbare Band, sagte er
immer, was euch drei verbindet und dann
die Schuld an dem Unfall. Ich glaube

fast, er hat dich mehr geliebt wie Dylan und mich." Ron seine Augen füllten sich mit Tränen „Warum habe ich ihn nicht früher gesucht. Hätte ich das gewusst. Habe in der ersten Zeit immer alle Aufstellungen der Mannschaften der Footballliga studiert, in der Hoffnung seinen Namen zu finden." Ron wischte sich die Augen mit einer Serviette ab. „Wieso bist du überhaupt jetzt hier?", wollte Lisa wissen. „Was, ach so beruflich." „Nein ich meine, hier im Krankenhaus?" „Sage doch beruflich, muss eine Werbekampagne machen über die Klinik." Log er schnell. „Bestimmt gut bezahlt." „Brauchst du Geld Lisa? Ich kann dir was geben."

„Spinnst du, ich brauch dein Geld nicht, ich brauche meinen Derek!" Dann weinte sie und Ron konnte sie nur in die Arme nehmen. Sie schluchzte „Ich werde ihn abschalten! Das werde ich machen. Ich liebe ihn so!" Ron fühlte sich so hilflos, wie andauernd in den letzten Tagen. "Du kannst ihn nicht abschalten, das wäre Mord. Darauf steht in diesem Bundesstaat die Todesspritze." „Doch, er soll nicht so leiden." Wirkte sie jetzt wieder gefasster. „Ich muss jetzt los", sagte Lisa „Sehen wir uns morgen wieder, Ron?" „Ich denke doch, lass uns morgen weiterreden und tue bitte nichts Unbedachtes." „Tschüss Ron!" Lisa stand auf und ging.

„Setzt dich wieder", Ron blickte sich um. Der Tod saß jetzt dort wo eben noch Lisa war. „Du schon wieder, was willst du hier?" „Ich bin der Tod und hole die Seelen ab, schon vergessen? Krankenhäuser sind gute Quotenbringer. Aber deswegen sind wir beide nicht hier. Denke mal nach, Ron." „Was soll ich denn denken. Hier liegt mein Freund und stirbt irgendwann. Ist es deswegen? Sind wir wegen Derek hier?" „Fast, wegen Derek und Lisa." „Warum Lisa, stirbt sie auch?" „Vielleicht!" grinste der Tod. „Du bist

so mies, was willst du von mir?" „Lass
es mich erklären. Sollte Lisa die Apparate ausschalten, ist Derek tot und sie
wird wegen Mord hingerichtet. Dann sind
beide tot. Schaltest aber du die Apparate aus, hole ich nur Derek ab und du
hast deinen ersten Menschen sterben lassen." „Du bist doch verrückt. Wie stellst
du dir das vor, ich geh einfach in das
Zimmer und zack, oder was? Ihm verdanke
ich mein Leben, er ist mein Freund!"
„Dein Leben dauert nur noch 4 Tage. Vergessen? Also entweder sterben zwei oder
nur einer! Du kannst es entscheiden. Du
kannst nur einen retten, -Lisa." „Das
kann ich nicht, was verlangst du da von

mir?" „ Dass du den Vertrag erfüllst und du dich deiner Aufgabe stellst." Wir gehen jetzt. Der Tod fasste Ron an den Arm. Als Ron wieder vor seiner Wohnung stand, war es schon Abend. Leichter Regen fiel in sein Gesicht, der Tod stand noch neben ihm. „Was ist?", schrie Ron ihn an. „Warum gehst du nicht einfach wieder?" „Weil in deiner Wohnung kein Licht brennt." „Und? Hast du Angst im Dunkeln?" „Ich nicht Ron, aber du vor der Einsamkeit, stimmt's? Was ist das mit dir und deiner Frau?" „Das geht dich einen Scheißdreck an, verschwinde!" „ Bis morgen Ron!" Er

war weg. Ron blickte zu dem Fenster seiner Wohnung, dunkel. Ich hasse dich,
schrie er innerlich, du scheiß Tod.

6.Kapitel

„Na Ron, schmeckt wohl doch nicht. Hast jetzt schon seit einer Stunde die Flasche nicht angerührt." „Hast du keine anderen Gäste? Nerve die zur Abwechslung mal." „Nicht so viele um die Zeit, soll ich dir einen Kaffee bringen, Ron? Oder soll ich jemanden anrufen, deine Frau zum Beispiel." „Meine Frau, wer soll das sein?" Lief jetzt Ron eine Träne die Nase entlang. „Was ist los mein alter Freund? Kommst doch sonst nicht am helllichten Tage hier her und trinkst. Leni, bring uns mal Kaffee!" „Nein kein Kaffee…, oder doch. Nachher vergesse ich auch noch wie er schmeckt." Ron blickte aus dem Fenster. „Jim, habe ich dir überhaupt schon mal gesagt wie sehr ich meine Kinder und meine Frau liebe?"

„Jeden Tag kam Anne zu mir auf mein Zimmer, in mein Krankenzimmer. Sie sah so toll aus. „Sie haben ja wieder nicht aufgegessen, Herr Forster. So geht das nicht. Schmeckt es nicht?" „Bin alleine, ich brauche Gesellschaft beim Essen. Wenn Sie sich dazu setzten würden? Obwohl, dadurch schmeckt das Essen auch nicht besser, aber ihr schöner Anblick wäre der Lohn dafür." Anna musste lächeln und schüttelte den Kopf. „Leider geht es nicht, muss mich noch um andere Patienten kümmern. Ich kann Ihnen aber gerne noch einen Patienten in ihr Zimmer legen", sagte sie schmunzelt und hielt beim Kissen aufschütteln inne. Sie blickte Ron jetzt direkt ins Gesicht. Oh Gott so hübsch dachte Ron, am liebsten würde er sie einfach in die Arme nehmen. Er hob abwehrend die Arme und entgegnete „Um Himmels willen bloß nicht. Aber wenn sie es wären, das..." „Ja, ja, ich weiß schon…", zwinkerte sie Ron zu, „aber wollen doch immer schön artig bleiben Herr Forster." „Wollen sie nicht Ron zu mir sagen?" Sie blickte ihn mit ihren blauen Augen an: „Anne". „Wunderbar, Anne." Ron schlug das Herz bis in den Hals, das Eis war gebrochen. Ron spürte die Schmetterlinge in seinem Bauch, er hätte vor Freude schreien könne. „Anne du bist die beste Medizin, ich fühle mich so herrlich!" „Nur nicht übertreiben Ron und schön aufessen, versprochen? Komme dann nachher auch wieder." Sie fasste Rons Hand. Wie ein zarter warmer Sommerwind fühlte es sich für Ron an. Er war verliebt und er hoffte, bei Anne ist es genauso. „Bis dann Ron."

Ron konnte es jeden Tag kaum erwarten, dass Anne in sein Zimmer kam. Wenn sie dann kam, war alles so ehrlich. Ron hätte die ganze Welt umarmen können. Anne blieb nach ihrer Schicht noch, um mit Ron bei jedem Wetter spazieren zu gehen. Sie tauschte sogar ihre Schichten, besuchte ihn selbst an ihren freien Tagen. Jetzt verging die Zeit viel zu schnell, die er so oft es ging mit ihr verbrachte. Immer wieder versuchte er ihre Hand zu berühren, unabsichtlich. Sie reden über Gott und die Welt. Ron erzählte ihr von seinem Studium, erzählte die Geschichte von Derek und Rob, vom Bergtrip und dem Unfall. Sie lachten über dieselben Dinge und das Beste daran war für Ron, sie hatte keinen Mann. Anne sagte: " Der Mann den ich mal nehme, der muss mir nicht die Sterne vom Himmel holen. Er muss mir nur das Glück und die Leichtigkeit geben, es selbst zu schaffen! Er sollte meine Flügel sein." Dabei lachte sie so wunderbar, dass sie ein Grübchen bekam. Ron traute sich kaum sie zu fragen, ob er der Mann ist. Die Zeit verging und als der Tag der Entlassung kam, fühlte Ron sich nicht gesund, er wollte nicht weg. Er wollte bleiben. Traurig packte er seine Sachen. Bis Anne in sein Zimmer kam. Sie stellte sich ans Fenster und beobachtete ihn. „Ich glaube Ron, du bist ein kleiner Feigling!" „Wieso, was habe ich denn gemacht?" „Frage lieber was hast du nicht gemacht. Packst hier einfach deine Sache und fort oder wie? Du willst doch nicht etwa so gehen? Ohne .." „Ohne was?" fragte Ron. „Ohne dass du mich zum Essen heute Abend einlädst!" Ron konnte nicht glauben, was er da gerade hörte. „Wirklich…, so gerne würde ich das tun. Aber ich werde doch gleich abgeholt. Und außerdem weiß ich gar nicht wohin!" „Schade", sagte Anne traurig. Und drehte sich um und wollte gehen. „Nein Anne, warte", lief Ron hinterher und als er Anne erreicht hatte, drehte sie sich gerade um. Nun standen sie Gesicht zu Gesicht, beinahe hätte er ihre Nase berührt. Er sah das schöne Gesicht, sah ihr Lächeln, so nah, er konnte nicht anders. Er drückte sie und küsste ihren

Mund, Anne ließ es geschehen. Er nahm sie in die Arme und drehte sich mit ihr im Kreis. „Natürlich gehe ich mit dir essen, mit dir gehe ich überall hin", sagte Ron vor Glück zerspringend. "Das hört sich doch gut an! Komm wir gehen." Jetzt erst bemerkte Ron, dass sie nicht im Kittel war. Anne hatte sich extra frei genommen für heute. Nur für ihn. Sie fuhren durch die Stadt mit ihrem Auto, direkt in eine Tiefgarage. Dort küssten sie sich, dass sich die Welt um sie drehte. „Wir müssen dir noch was zum Anziehen besorgen, das küssen kommt erst später." Kniff sie Ron in die Wange. Eigentlich mochte Ron das Einkaufen nicht, aber mit

Anne war es anders. Sie bummelten Hand in Hand durch die Läden, Ron musste sie immer wieder küssen und drücken. Er dachte, wie schön ist doch das Leben.

Am Abend saßen sie beide im Restaurant und es hätte alles serviert werden können, Ron hätte alles gegessen. Wie umwerfend Anne aussah, als sie in ihrem Kleid und mit den offenen Haaren vor ihm stand. Fast hätte ihm die Luft zum Atmen gefehlt. Und dann ihr Duft, so verführerisch. Das Parfüm passte so zu ihr, einfach perfekt. Jetzt saß sie ihm gegenüber und erzählte von der Verkäuferin, die Ron die Hose verkauft hat, von den Blumen im Park. Ron lauschte nur und war gefesselt von ihrem Wesen." Ich liebe Dich Anne!" sagte er einfach. „Was hast Du gesagt? Sag es bitte noch mal!" „Ich liebe Dich Anne!" rief Ron jetzt. „Ich liebe Dich weil du die tollste, wunderbarste Frau bist, die ich kenne" Anne stand auf und ging um den Tisch. "Ich liebe Dich auch Ron!" Und sie küsste ihn so leidenschaftlich und streichelte ihm durch seine Haare." Du bist der Mann der mich glücklich macht, der mir die Leichtigkeit gibt, dass ich Träume fangen kann. Du bist der Mann der mir die Flügel gibt, um die Sterne zu holen. Ich liebe Dich!" Sie ließen den Nachtisch einfach stehen und zahlten. Sie liefen durch den

Regen direkt zu Anne's Wohnung. Noch beim Reingehen zogen sie sich schon gegenseitig aus, so sehr hatten sie auf diesen Augenblick gewartet. Ihre Leidenschaft, ihre Begierde auf einander, sich ihrer Lust und Liebe hinzugeben. Sie liebten sich die ganze Nacht voller Hingabe. Am Morgen lag Anne neben Ron, der sie beim Schlafen beobachtete. Er streichelte ihr eine Haarsträhne aus dem Gesicht und küsste sie. „Guten Morgen", sie legte ihre Hände um seinen Hals und zog ihn noch dichter an sich ran. „Morgen mein Schatz", hauchte sie ihm ins Ohr. "Ich liebe dich!" flüsterte sie. Dann küsste sie ihn so voller Leidenschaft. Ron streifte die Decke von ihrem makellosen Körper und liebkoste ihre zarten kleinen festen Brüste, er küsste sie von Bauchnabel abwärts bis sie vor Lust stöhnte. Sie öffnete ihre Schenkel und Ron drang in sie ein. Sie liebten sich in voller Ekstase bis zur Erschöpfung.

„Was ist das zwischen uns?", wollte Ron beim Frühstück wissen. „Sag du es", gab Anne zurück. „Weiß nicht, dachte ich ziehe hier ein!", kam es etwas leiser von Ron. „Geht klar, mach einfach", lächelte sie ihn an. "Du bist so wunderbar, du bist meine Anne!" „Auf Probe mein Schatz. Und schraube ja die Zahnpaste Tube zu." Sagte sie jetzt lachend und war schon auf seinem Schoß, um ihn zu küssen. „Ich liebe dich, mein Ron!" biss sie ihm ins Ohr. „Dito"

Ron blieb einfach, alles war so leicht. Er fuhr noch mal nach Hause, löste seine Studentenwohnung auf. Bei seinen Eltern kam das nicht so gut an: „Du bist doch viel zu geschwächt, was soll das?", schimpfte seine Mutter. „Willst du jeden Tag pendeln, du musst doch dein Studium abschließen. Und was ist mit Vater und mir? Du kennst doch das Mädchen gar nicht richtig!" „Mama es ist kein Mädchen, Anne ist eine Frau und ich liebe sie. Ich bin jetzt fast 25 Jahre. Tut mir leid, dass ihr das nicht verstehen wollt. Bei Fred habt ihr nichts gesagt, als der mit zwanzig zur Armee gegangen ist. Da wart ihr stolz, einer der Daddys Fußspuren aufnimmt. Ich mache mein Studium dort fertig. Lernt doch Anne einfach kennen, würde mich sehr freuen Mama." Er drückte seine Mutter.

Er beendete das Studium ohne große Partys und hatte bald seinen Abschluss. Danach hatte Ron dann den Job bei Lennard & Stone bekommen. Endlich hatten die Geldnöte ein Ende. Ihre Liebe zueinander, die Liebe zu Anne war immer noch ungebrochen groß. Es machte jeden Tag Spaß neben ihr aufzuwachen. Sie richteten sich ihr Leben zu zweit ein. Jede freie Minute verbrachten sie zu zweit, gingen in Konzerte, waren auf Partys. Anne machte ihren Sport, sie lief regelmäßig und spielte Squash. Das konnte Ron natürlich nicht. Zusammen spielten sie beide immer Badminton. Anne meinte immer zu Ron: „Ohne Sport ist das Leben ohne Energie!" Sie war so voller Tatendrang, Ron wurde oft von ihrem Enthusiasmus mitgerissen. Diesen Schwung nahm Ron mit in seinen Job, da lief es super, bald hatte er es geschafft und erhielt sein eigenes Büro und wurde Manager einer Abteilung, mit 27Jahren. Nach zwei Jahren Gemeinsamkeit wurde Anne schwanger. „Wir bekommen ein Baby", sagte sie einfach beim

Frühstück, das war so unverblümt und schön. Bei Ron drehte sich alles vor Freude. „Das ist so herrlich, das ist super!" Er drückte Anne und küsste sie.

 Nun war aber Eile geboten, Anne's Eltern Hedda und Eddy waren sehr christlich und sie war ihr einziges Kind. Vor allem Hedda wollte, dass alles seine Ordnung hat. Sie sollten heiraten. Und das am besten noch vor der Geburt. Ron fuhr erst zu Anne's Vater und hielt um die Hand seiner Tochter an. Eddy betrachtete das etwas merkwürdig, aber er nahm Ron in die Arme und sagte: „Mach mein Mädchen glücklich." Für den Heiratsantrag bei Anne wählte Ron das Restaurant, in dem sie den ersten Abend verbracht hatten. „Na kannst du dich erinnern?", fragte Ron. „Ja, hier war unser erster Abend und du so unbeholfen und schüchtern. Ich dachte schon du willst mich gar nicht!", sagte sie und fasste seine Hand. Ron stand auf und kniete sich vor sie hin. "Liebe Anne, du bist die Frau die ich liebe, die mir so viel gibt. Du bist mein Glück. Anne,…", er holte tief Luft: „ich möchte dich fragen: willst du mich heiraten? „Ja, ja ich will dich heiraten". Tränen liefen ihr über das Gesicht. Ron nahm ihre Hand und steckte ihr einen Ring mit einem kleinen Stein an den Ringfinger. „Das ist so schön!" konnte sie nur leise sagen und küsste und drückte Ron vor Glück.

Hedda und Eddy, sie waren solch liebenswerte Menschen und richteten eine Hochzeit aus, die man nicht vergessen sollte. Ron's Eltern fanden das nicht so gut, so war auch das Verhältnis zu Hedda und Eddy. Bei der Hochzeit saßen sie das letzte Mal gemeinsam am Tisch. Fünf Monate später wurde dann die kleine Linda geboren. Sie war ein Engel wie ihre Mama. Ein Jahr später sagte Anne: „Wir müssen anbauen oder umziehen!" „Warum?", fragte Ron. „Weil wir uns zu oft lieben." Dann küsste sie Ron. „Wir bekommen noch ein Baby!" Jetzt musste Ron sie küssen.

Aber noch vor der Geburt ist Ron sein Vater gestorben. Ron ließ die Trauer über sich ergehen. Bei der Beerdigung machte ihm sein Bruder Fred Vorwürfe, dass Ron Schuld sei wegen seiner Krankheit mit den Nieren und allgemein, sein ganzer Lebenswandel: dass er in eine andere Stadt gezogen ist und sie mit den Problemen alleine gelassen hat. Dass er nie akzeptiert hat, was Vater von ihm wollte: einen Sohn, der hörig ist. „So, wie es früher seine Soldaten waren. So, wie Mutter oder Du, Fred. Immer schön das machen was er wollte. Tut mir leid, so bin ich nicht." Das waren für lange Zeit die letzten Worte, die Ron zu seiner Mutter und Fred gesagt hat.

Der Streit konnte die Freude an der kleine Kate nicht lange trüben. Dafür waren sie zu glücklich. Anne ließ ein Namensschild anfertigen, ein vierblättriges Kleeblatt, in der Mitte stand Forster. „Das sind wir", sagte Anne immer. „Du hast mich zur glücklichsten Frau gemacht. Danke Ron." „Dito", sagte er. Ihr seid meine drei Engel. Die Mädchen machten ihnen jede Freude, die Kinder Eltern machen können. Sie sind in eine größere Wohnung gezogen, eine Eigentumswohnung mit einer herrlichen großen Dachterrasse. „Das ist unser Paradies", meinte

Anne immer freudig. Ron kam in seiner Arbeit als Manager gut voran, die Aufträge liefen gut. Anne ging erst wieder halbtags und dann wieder voll arbeiten, ohne den Nachtdienst. „Ich hätte es mir nicht schöner wünschen können…, in keinem Traum", war Anne so glücklich. Ron konnte sie dann nur küssen, sie und seine Mädchen. So vergingen die ersten Jahre wie im Flug. Doch dann kam ein schwarzer Tag. Es war ein verregneter dunkler Herbsttag im November. Anne und Ron waren schon 10 Jahre verheiratet als der Anruf kam. Hedda und Eddy machten so gerne Ausflüge, auch an diesem Tag. Anne ließ den Telefonhörer fallen und fing laut zu schreien an. „Was ist? Anne, was ist passiert?" Ron nahm sie in die Arme und sie weinte so schrecklich. „Was ist los?" Ron nahm den Hörer: „Hallo!"

Eddy und Hedda hatten einen Autounfall, Hedda lag schwer verletzt im Krankenhaus, aber Eddy soll auf der Stelle tot gewesen sein. Sie fuhren sofort los, Linda war schon 10 und musste so lange auf Kate aufpassen. „Das bekommst Du doch hin oder mein Engel?", fragte Ron seine Linda. „Natürlich Paps und grüß Oma schön, ja." Er küsste beide auf die Stirn, bis nach her.

Sie konnten Hedda auch nicht mehr helfen, zu schwer waren die inneren Verletzungen. Ihnen blieb nur noch kurze Zeit, sich von ihr zu verabschieden. Anne brach zusammen, Ron stand hilflos daneben. Als Ron an das Bett von Hedda trat, nahm sie seine Hand. Ganz leise sprach sie zu ihm: "Pass mir auf Anne und die Mädchen auf, versprich mir das", holte sie noch mal Luft. „Du bist so ein lieber Mann, aber deine wahre Prüfung kommt noch". „Was meinst du?", aber Hedda antwortete nicht mehr. Ron nahm Anne in die Arme und beide saßen noch stundenlang am Bett von Hedda.

7.Kapitel 3.Tag

Ron war schon die ganze Nacht wach, Anne
kam diese Nacht wieder nicht nach Hause.
Sie hat ihm nur eine kurze SMS geschrieben, ~schlafe heute bei Angie, bis mor-
gen~. Ron wollte sie zurückrufen, aber
er konnte nur die Mailbox erreichen. Was
ist nur aus uns geworden? Nachdenklich
ging er durch die leeren Kinderzimmer von
Linda und Kate. ‚Was ist aus unserem Paradies geworden', dachte er. Er fing an
zu weinen.

„Oh du bist schon wach, das ist gut",
hörte er den Tod hinter sich reden. Es
überraschte ihn aber nicht mehr. „Du

schon wieder", sagte er gelangweilt, „was wollen wir heute machen?" Er blickte den Tod müde an. „Ron, du weißt doch was wir machen, deinen Vertrag einlösen." „Was machst du eigentlich, wenn ich deinen Job oder was das auch immer sein soll, habe?", wollte Ron jetzt provozierend wissen. „Nach Hause gehen." „Was für ein zu Hause soll das sein? Du musst doch schon um 1915 gestorben sein oder? Wo ist denn überhaupt dein zu Hause und warum bist du eigentlich der Tod geworden? Muss doch auch was falsch gelaufen sein in deinem Leben. Sag schon!" „Oh so mutig, das gefällt mir", gab der Tod jetzt düster von sich. „Endlich wird der Ron wach und erkennt seine Situation!" „Halt bloß dein Maul und antworte lieber. Redest nur Dreck!" „Vorsicht!", hob der Tod seinen Zeigefinger und seinen Ton, „mach mich nicht wütend!" „ Warum? Tötest du mich sonst? Bekomme schon richtige Angst! Würdest mir nur ein Gefallen tun. Aber geht doch wohl noch nicht, muss erst deine Bedingungen erfüllen." Der Tod sah Ron an und holte mit seiner knochigen Hand aus und nur durch den Windzug flog Ron drei Meter durch den Raum. Er landete unsanft hinter dem Sofa. „Spinnst Du!", empörte sich Ron erschrocken. „Ich sagte doch, fordere mich nicht heraus. Ich kann dich nur warnen. Was deine Fragen angeht, auf alles wirst du zur bestimmten Zeit eine Antwort erhalten! Nun komm aber erst. Gewaschen haste dich schon?" „Hahaha", klang es düster durch die Wohnung. „Lass mich", aber der Tod berührte Ron schon am Arm. Sofort standen sie wieder beide im Warteraum der Seelen. Kalt war es hier, das merkte Ron jetzt zum ersten Mal, fast eisig. Er fror und was ihm diesmal auch noch auffiel: es war hier total still. Der Tod beobachtete Ron, er sah, dass Ron zitterte in seinem dünnen Hemd und seiner Anzughose. „An die Kälte gewöhnst du dich, die merkst du dann nicht mehr." Der Tod öffnete wieder diese Tür, die ohne Klinke oder Türknopf war.

Ron sah beängstigt in das geordnete Durcheinander. Die Kälte war hier noch präsenter, aber es war so still, dass er seinen eigenen Herzschlag hörte. „Der Bahnhof der Seelen, von hier fahren die Seelen zur ihrer Endstation." Ron wusste nicht wo er zuerst hinblicken sollte. Die Bilder verschwammen vor seinen Augen, desto mehr er dort hinblickte. „Es gibt verschiedene Züge", sagte der Tod. „Den Zug der Jungen, den Zug der Alten, den Zug der Unerwarteten, den Zug der Vergessenen, den Zug der Verzweifelten und den Zug der Verdammten." Ron sah wie gefesselt dem unwirklichen Treiben zu, dann wurde ihm schwarz vor den Augen.

Grelles Licht und ohrenbetäubender Lärm brachten ihn wieder zurück in die Wirklichkeit. Es war Musik, das kenne ich doch. Vor ihm standen Massen von singenden und hüpfenden Menschen. ~Paradise~ sangen und brüllten die jungen Leute. Na klar, das ist Coldplay. Was mache ich hier? Was soll ich bei diesem Konzert? Ungläubig schaute Ron sich um, ein Lichtermeer von Feuerzeugen und Handylichtern erfüllte die Halle. Fast ließ er sich mitreißen, aber der Tod stand auf einmal neben ihm. „Spürst du das Leben!", sagte Ron zum Tod. „Deswegen sind wir nicht hier", gab der Tod düster von sich.

Und zeigte mit dem rechten Arm die Richtung vor. Ron drängelte sich durch die
Massen. Verschwitze Körper schoben sich
an ihm vorbei, bis auf einmal Schluss
war. Er blieb mit einem mal stehen, keine
2 m von ihm entfernt stand seine Tochter
Kate in einem hellen Shirt mit Jeanshose
und sang ausgelassen den Song. Sie sah
so glücklich und erfrischend aus. Sie sah
ihn nicht und Ron wollte gerade einen
Schritt zu ihr gehen. Aber es ging nicht,
der Tod stand jetzt wieder hinter ihm.
„Was soll das hier, was willst du Bastard
von Kate? Lass meine Mädchen da raus!
Sonst!" „Sonst was? Willst du mir dro-
hen? Schau lieber hin!" Ron blickte in

die Richtung wo Kate stand. Diese stand da und feierte und sang. Arm in Arm mit einem anderen Mädchen. „Was soll ich da sehen?" wurde Ron unbeherrscht. „Schau hin!" wies der Tod nochmal dort hin. Ron schaute sich genauer um, da, der Mann hinter Käthe. Wo hat er das Gesicht denn schon mal gesehen? Ron dachte nach. Das Gesicht…, das habe ich schon mal gesehen. Wo?, gingen die Gedanken durch seinen Kopf. Ja ich weiß, gestern…. im Krankenhaus. Der Sohn von, na klar, ….. der Sohn von Derek. Na dann ist doch alles gut, dachte Ron „Was soll schon sein? Was willst du von mir? Was sollen wir hier?", schrie Ron jetzt den Tod an.

„Lass mich mit meiner Tochter reden. Und wehe, du tust ihr was!" Ron wollte rufen ~Käthe lauf weg~ oder irgendwas.., aber er konnte sich nicht bemerkbar machen. Jetzt blicke Kate genau in seine Richtung, Ron hob die Arme, er schrie und winkte. Aber es war vergebens, Kate sah und hörte ihn nicht. „Sie sieht dich nicht und jetzt lass uns raus gehen!", forderte der Tod Ron auf. Er zeigte mit seinen knöchrigen Fingern Richtung Ausgang. Er hörte noch ~ A Sky Full of Stars~ und die ‚Zugabe' Rufe der Zuschauermassen, sah in die verschwitzen glücklichen Gesichter. Dann stand er im Freien, die frische Frühlingsluft ließ ihn durchatmen. „Geh weiter", sagte der Tod. „Da lang in die Bar?" „Geh einfach, Ron!" Die Musik verhallte und die frische Luft vermischte sich mit Zigarettendunst, Eau de Toilette, Parfüm und kaltem Schweiß. Ron blickte durch das Fenster. „Geh ruhig rein!", gab der Tod ihm einen Schubs. Ron stolperte mehr als er lief. Da saß Kate. „Wie geht das?", blickte er fragend zum Tod. „Ron, Zeit ist für uns relativ, für mich, für uns,… den Tod", lachte er jetzt schallend. „Ist nicht vorhanden, wir haben keine Zeit und Uhr! Wir haben nur den Tag, 24 Stunden!"

Kate saß mit ihrer Freundin und zwei Männern an der Bar. Sie tranken und unterhielten sich. Was, sie raucht? Seit wann das denn, fragte sich Ron. Darüber wird zu reden sein Fräulein. Dachte, sie ist so gesundheitsbewusst. Und Wodka trinkt sie auch. „Ron, das soll nicht deine Sorge sein." „Das soll nicht meine Sorge sein, was geht dich das an. Hast du Kinder? Ach, vergessen, bist ja der Tod!", meinte Ron jetzt hämisch. Der Tod sah Ron mit seinen dunklen Augen ernst an. „Meinst du, wenn du so blöd schaust, bekomme ich Angst? Was soll mir passieren, bin doch schon verloren. Aber ich sage dir, lass meine Tochter da raus!"

„Es ist zu spät Ron, schaue hin!" „Was heißt zu spät?", verängstigt blickte Ron in die Richtung von Kate. Sie lachte, so wie sonst auch. Seine kleine Kate, sie war ihrer Mutter so ähnlich. Jetzt sah er, wie der eine Mann immer versuchte, einen Arm um Kate zu legen. Sie diesen aber immer wieder abwies. Er beobachtete, wie sie sich unterhielten, wie der Mann mit den Armen immer gestikulierend ausholte. Bis sie beide heftig miteinander diskutierten. Kate redete auf den Mann ein. Das Gesicht kenne ich doch, dachte Ron. Ja das ist schon wieder der Sohn von Derek, wie war noch mal der Name? Ron kam nicht drauf. So sehr er auch nachdachte, es fiel ihm nicht ein. „Dylan heißt der Mann", half ihm der Tod. „Genau... ich wusste gar nicht, dass sie sich kennen." „Sie kannten sich auch bis heute noch nicht.", gab der Tod von sich. Ron konnte etwas näher ran gehen, er wusste: seine kleine Kate, sein Mädchen sieht ihn nicht. So gerne würde er sie in den Arm nehmen. Jetzt fragte er sich ob er jemals seine Kinder noch mal in den Arm nehmen konnte. Aber das Gespräch an der Bar riss ihn aus den Gedanken. Kate wollte bezahlen., Das mache ich für dich", sagte Dylan. „Nein danke, das möchte ich nicht! Und lass dir noch was gesagt sein, Dylan. Mein Vater kann bestimmt nichts dafür, dass dein Dad jetzt in der Klinik liegt. Ich wünsche ihm gute Besserung, aber rede noch mal so über meinen Vater….!" „Was ist denn dann du kleine Pussy, huhu ich kratz dir die Augen aus!" „Hm ist umsonst" sagte Kate nur noch und drückte ihre Freundin. „Bis morgen zur Vorlesung Caro." Dann legte sie das Geld auf den Tresen und ging. Sie kam ganz dicht an Ron vorbei, er konnte seine Tochter fast berühren, so nah war ihm sein Mädchen. Kurz danach zahlte Dylan auch und verließ die Bar. „Was jetzt", wollte Ron vom Tod wissen. „Was jetzt, jetzt kommt Arbeit, uns bleibt noch eine halbe Stunde. "Ron sah sich in der Bar um, wer sollte hier sterben? „Du schaust in die falsche Richtung, Ron." Und zeigte mit dem Kopf zur Tür. „Nein du Scheusal, was hast du krankes vor?" Ron konnte losrennen, er lief so schnell er konnte. Beim rausgehen rempelte er einen Passanten an, so dass Ron die Schulter wehtat. Draußen blickte er nach allen Richtungen. Wo liegt der Campus, überlegte er und lief in die dunkle Gasse. Auf einmal blieb er wie versteinert stehen, er sah die beiden. Erst waren es nur Schatten, aber dann erkannte er seine Kate und…, nein nicht der schon wieder, Dylan.

„Na, nun bist du kleine Schlampe nicht mehr so mutig", hörte er Dylan sagen. „Verschwinde! Was willst du von mir?" Er zog Kate am Ärmel, so dass sie sich losreißen musste. „Du tust mir weh. Hör auf damit!" „Oh du kleine Hure, ich werde es dir richtig zeigen was weh tut." „Hilfe, Hilfe!", schrie Kate. Sie versuchte wegzulaufen, aber Dylan hakte sich in ihr Bein ein, dass sie stolperte.

„Lass mich da hin", schrie Ron, „dem Schwein schlage ich in die Schnauze. Hörst Du, lass mich dort hin!" „Das geht nicht", sagte der Tod ganz ruhig." Ich kann dir aber deine Aufgabe nennen, deine Entscheidung!" „Lass mich da hin, ich muss meinem Mädchen helfen!" „Wer soll sterben? Dylan oder Kate?" „Bist Du bekloppt, lass mich da hin und keiner muss sterben. Ich haue Dylan so in die Schnauze und zeige ihn dann an." „So läuft das nicht. Nochmal, du musst dich schnell entscheiden, sonst mach ich es. Einer von den beiden stirbt!" Ron sah die beiden miteinander kämpfen, sah wie sein Mädchen den Kampf verlieren könnte. Er kann doch nicht den Sohn von Derek sterben lassen, aber seine Tochter erst recht nicht. "Du bist so krank, was verlangst du hier, Gnade!", flehte er. „Deine Entscheidung..! Jetzt!", forderte der Tod. Ron starrte ganz stur in die

Richtung der Beiden, sah wie Kate fast am Boden liegt. Ron öffnet seinen Mund, ganz leise und langsam kamen die Buchstaben „D y l a n", heraus. Dann fiel er auf die Knie.

Kate konnte sich jetzt aus der Umklammerung befreien. Nun machte sich ihr Sport bemerkbar. Mit einem Schlag an den Hals, genau auf den Kehlkopf, brachte sie Dylan aus dem Gleichgewicht, dann trat sie mit voller Wucht in seinen Schritt. "Da hast du es, du Schwein. Ich zeige dich an!" Dylan krümmte sich vor Schmerz, nach vorne und Käthe setzte zum letzten Tritt an, sie rammte ihr Knie in Dylans Gesicht, so dass dieser nach hinten kippte. „Du Dreckschwein!" Dann rannte Käthe einfach los.

Ron beobachtete alles. "Ja", ballte er die Fäuste nach oben. „Super mein Mädchen, gut gemacht. Lauf, Kate !, ", schrie er hinterher. „Lauf", blickte er ihr nach. Irgendwie war er auch erleichtert, dass Dylan noch lebte. Er blickte zum Tod. Dieser sah aus als würde er grienen, so sehr betrachtete er die Situation. Dann auf einmal sah er wie Dylan aufstand, aber statt zurückzugehen, rannte er hinter Kate hinterher. „Ich kriege dich, du Schlampe! Dich bringe ich um!", schrie er beim losrennen. Ron rannte auch los. Dann ging alles schnell,

viel zu schnell. Dylan rannte und achtete nicht darauf, dass er eine Hauptstraße überquerte. Der Laster konnte
nicht bremsen, er hupte noch, dann rollte
er ohne zu bremsen über Dylan hinweg.
Erst viel weiter hinten kam der Laster
zum Stillstand. Der Fahrer sprang sofort
raus und rannte zu Dylan. „Er kam einfach
auf die Straße gerannt!", schrie er.
„Hilfe! Um Himmelswillen! Ruft doch einer einen Krankenwagen!", rief er den
nachfolgenden Autos zu, die jetzt auf der
Straße hielten. „Der ist hin", sagte ein
langer junger Mann, der sich über Dylan
beugte. „Hier hilft kein Arzt mehr",
meinte er und fühlte noch den Puls an

Dylans leblosen Arm. Der Laster ist Dylan genau über den Kopf gerollt. Da wo das Gesicht sein sollte, war nichts mehr zu erkennen. Es war ein schrecklicher Anblick. Ron stand ganz starr und fassungslos. Dylan war tot, der Sohn von seinem Freund Derek war tot. „Dein erster Toter! Hast du doch gut gemacht.", merkte der Tod an und drehte sich um. Ron konnte nichts erwidern, ihm war nur gerade speiübel. Von weitem hörte er schon das Sirenengeheul von Polizei und Krankenwagen.

8. Kapitel

„Ich räume mal die Kaffeetassen weg“, sagte Jim. „Aber du lässt schön die Flasche zu!“, meinte er beim losgehen zu Ron. Was geht es dich an, dachte Ron und füllte sein Glas und trank es in einem Zug aus. Er sah zur Uhr, nicht mal 10 Stunden blieben ihm noch. Er hatte zwischendurch schon versucht, Linda zu erreichen. Einmal wollte er noch ihre Stimme hören, aber immer nur Mailbox. Blöde Erfindung dachte er. Er füllte sein Glas aufs Neue und trank es in einem Zug aus. Dann sein Handy, es brummte, Linda stand im Display. Schnell schob er die

Annahme taste nach oben. „Hallo." „Hey Paps, was ist los? Ist was passiert, weil du mich erreichen wolltest. Geht es dir gut?" „Ja alles in Ordnung", log er. „Wollte nur mal deine Stimme hören und fragen ob es dir gut geht." Ron lief eine Träne vor Freude runter und tropfte auf den Tisch. „Paps, ist wirklich alles in Ordnung, du klingst so komisch, weinst du?", fragte Linda besorgt. „Ach quatsch, ich doch nicht. Hab dich lieb mein Mädchen!" „Also Paps, pass auf, ich habe gerade wenig Zeit, ich rufe am Wochenende an, wenn Mama auch zu Hause ist, muss euch sowieso was erzählen. Wir hören uns. Hab dich lieb, bis dann Paps und grüß Mama schön!" „Ich dich auch mein Mädchen:" konnte Ron gerade noch sagen, dann war Linda schon wieder fort. Traurig blickte er sein Handy an. ‚Pass immer gut auf dich auf meine kleine Linda‘, dachte er und ging zur Ausgangstür. „Jim, ich komme bald wieder, lass alles stehen, verstanden! Muss nur mal schnell nach Hause!" Jim sah ihn verdutzt an: „geht in Ordnung."

Das zu Hause von Ron und Anne, besser gesagt ihr Leben änderte sich nach den Tod von Hedda und Eddy. Nicht drastisch, nein es passierte nach und nach. Anne war nicht mehr dieselbe. Der Verlust ih-

rer Eltern und die Trauer um sie veränderten Anne. Sie war oft traurig und in
sich zurückgezogen. Ron glaubte und
hoffte dass es mit der Zeit wieder besser
werden wird.

Die Trauerfeier war für Anne der emoti-
onale Zusammenbruch, ein Notarzt musste
sie mit einer Spritze beruhigen. Von Ron
seiner Familie kamen nur seine Mutter und
seine Schwester, um wenigstens den fami-
liären Anstand zu waren. Ihre beiden Mädchen waren traurig und hatten viele Fragen, was nun aus Oma und Opa wird. Ob
sie dort, wo sie jetzt sind auch zusammen
sind? Ron sprach dann mit ihnen, dass

sie sich an ihre Taufen erinnern sollten. Was da immer Oma Hedda gesagt hat:
„Dass der Tod zum Leben gehört und nur
ein weiterer Schritt in der Entwicklung
ist." „Ja, das sagte sie immer", meinte
Linda. „Sie meinte aber auch, dass das
Lebensglück erst perfekt ist, wenn seine
Lebensaufgaben erfüllt sind", wandte
Kate ein. „Sie hatten doch einen Unfall,
waren sie schon mit den Lebensaufgaben
fertig, Paps?", schauten ihn jetzt beide
Mädchen fragend an. „Als eure Großmutter
gestorben ist, sagte sie zu mir, ich soll
jetzt auf euch drei aufpassen. Ich glaube
sie hat ihre Lebensaufgabe wie einen
Staffelstab an mich gereicht. Hedda und

Eddy vertrauen auf uns, dass wir immer zusammen stehen." „Paps, das machen wir doch!", sagte Linda und beide Mädchen fielen ihm um den Hals, so das er nach hinten fiel. „Kommt, wir suchen Mama!", rief Kate und rannte los. Sonst verkrafteten die Mädchen es viel besser als Anne.

Anne machte zwar weiter ihren Sport, war für die beiden Mädchen eine perfekte liebe Mutter. Aber manchmal merkte man es ihr an, dass sie viel von ihrer dynamischen mitreißenden Art verloren hatte. Gerade was die Beziehung zu Ron betraf. „Du musst mir Zeit geben Ron. Wir schaffen das", sagte sie, wenn Ron sie fragte,

„ob es ihr gut geht?" Dann nahm Ron sie in die Arme und küsste sie. Mit der Zeit holte der Alltag sie wieder ein. Ron seine Arbeit als Abteilungsmanager nahm jetzt viel Zeit in Anspruch. ‚Die Werbebranche ist wie ein Haibecken', sagte sein Chef immer. „Nur wer die größten Zähne hat, wird nicht gefressen." Ron musste jetzt viel reisen und Überstunden machen. Anne war öfters mit den Mädchen abends alleine, aber sie kompensierten es. Linda und Kate waren es gewohnt, selbständig ihren Tagesablauf zu gestalten. So blieb auch noch genügend Zeit für Anne, sich weiterzubilden, bis sie zur Oberschwester befördert wurde. Alles lief in seinen geregelten Bahnen. Bis Anne eines Tages sagte: „Ron, wir brauchen eine Auszeit!" „Was ? Wie meinst du das?", fragte Ron überrascht. „Willst Du dich trennen?" „Quatsch du Dummerchen", antwortete sie lachend, „ich meine, wir brauchen eine Auszeit, wir brauchen Urlaub! Das haben wir uns doch verdient oder nicht?" Ron schaute sie an: „du hast so Recht meine Anne", antwortete Ron glücklich und küsste sie und zum ersten Mal nach langer Zeit küsste sie ihn so, wie als wäre es das erste Mal. „Die Mädchen", sagte Ron. „Die Mädchen sind nicht da." Gab sie ihm zwischen einem Kuss, bei welchem sich seine Zunge mit ihrer immer wieder begegnete, zu verstehen. Sie ließen ihrer Leidenschaft freien Lauf, noch auf dem Fußboden im Wohnzimmer liebten sie sich, dass sich ihre nackten verschwitzten Körper vor Ekstase aneinander rieben. Bis sie vor Erschöpfung nackt nebeneinander lagen. Anne legte ihren Kopf auf seine Brust und küsste ihn. „Danke Ron, dass du immer für mich da bist. Ich liebe dich." Hauchte Anne ihm in sein Ohr. „Du bist so hübsch meine Anne. Und du musst dich für nichts bedanken. Ich bin dein Mann. Der glücklichste! Aber jetzt sollten wir unter die Dusche!" „Schon?", blinzelte sie Ron verführerisch an. Sie küsste ihn mit solcher Hingabe, das Ron sich nicht lange bitten ließ. Sie waren so mit sich beschäftigt, dass sie doch beinahe die Zeit vergessen haben. Es hätte nicht viel gefehlt und die Mädchen wären durch die Tür gekommen, so sehr waren sie berauscht von ihrer Gier voneinander. Anne schaffte es noch gerade so unter die Dusche. Bei dem Abendessen fragte Kate: „Warum liegt eigentlich Mamas BH hinter dem Sofa?" Ron und Anne sahen sich verlegen an und mussten lachen. „Was treibt ihr eigentlich hier, wenn keiner da ist?", konnte sich Linda nicht verkneifen und gab ihrem Dad einen Schubser an den Arm. „Wir treiben gar nichts du Naseweis, den muss ich verloren haben, mehr nicht.“ „Wovon redet ihr überhaupt?“, wollte Kate jetzt wissen. „Ach iss du mal lieber dein Gemüse“, und schon steckte Ron ihr ein Stück Möhre in den Mund. „Aber mal was anderes“, zog Anne die Aufmerksamkeit auf sich. „Wir werden drei Wochen mit dem Wohnmobil Ferien machen.“ „Echt,…super.. toll“, riefen die Mädchen. „Wir alle?“, konnte es Linda nicht glauben. „Ja wir alle! Wir vier. Muss es nur noch mit meinem Chef absprechen.“ „Das wird doch dann wieder nichts“, schaute Linda mürrisch. „Doch das wird.“

Doch es wurde auch, es wurde einer der schönsten Urlaube. Sie fuhren quer durch das Land. Sie hatten so viel Spaß, es gab so viel zu sehen. Anne und Ron hatten endlich Zeit für die Kinder und für sich. Nach einer Woche hatten Anne und die Mädchen aber genug von den engen Betten im Wohnmobil und natürlich erst recht vom Chemieklo. So wurde in jedem Ort den sie anfuhren ein gutes Hotel gesucht. Endlich konnten Ron seine Frauen wieder Damen sein. Natürlich hatte es für Ron einen Vorteil, er und Anne hatten alleine ein Doppelzimmer. Aber leider ging auch diese schöne Zeit vorbei und der Alltag und das Arbeitsleben nahm sie wieder in

Beschlag. Ohne damit es jemand merkte, sollte es nie wieder so erotisch zwischen Anne und Ron sein. Obwohl er nie den Kennenlerntag oder den Hochzeitstag vergaß und er Anne oft mit Kleinigkeiten überraschte. Sie war lieb zu ihm, aber er vermisste die Anne, die Anne die selbst die Initiative ergriff. Die kleinen Zärtlichkeiten, das verspielte Necken, sich einfach drücken und die Wärme des Anderen spüren. Dafür waren die Mädchen einfach unbeschreiblich, in der Schule zeigten beide eine Zielstrebigkeit, dass sich Anne und Ron nie Sorge machen mussten. Jede von beiden wusste schon im frühen Alter was sie werden wollten. Mit 16 Jahren machte Linda ein Austauschjahr nach Frankreich und als Kate 16 Jahre alt wurde, ist sie für ein Jahr nach Australien gegangen. In diesem Jahr waren Anne und Ron fast alleine zu Hause. Linda ging in dem Jahr, was waren sie stolz als die Zusage kam, auf die Universität in Stanfort. Sie wollte unbedingt Jura studieren. Der Welt ein wenig zum Recht verhelfen und sie gerechter machen, das war immer Linda ihr Wunsch und Ziel. Selbst Kate kam für 3 Tage nach Hause, um mit ihnen diesen Tag zu feiern. „Unserer Kleeblatt muss doch komplett sein", sagte Kate, „sonst bringt es Lyni (wie Kate sie immer nannte) kein Glück". Dann herzten sie sich und waren sehr ausgelassen. „Unsere Mädchen, das haben wir gut hinbekommen", gab Ron seiner Anne einen Kuss auf die Wange. „Wenn mal alles so wäre." Ron sah sie fragend an. „Hm ist gut, nur so daher gesagt, alles gut", wiegelte Anne ab.

Dieser Auszug von Linda veränderte das ganze Familiengefüge, da auch Kate nicht da war. Mit der neu gewonnen Freiheit, die sich dadurch wieder für Ron und Anne bot, konnten sie beide keine Gemeinsamkeit finden. Im Gegenteil, Anne und Ron sahen sich manche Tage nur kurz, weil Anne auch wieder Nachtschichten arbeitete und Ron oft auf Geschäftsreise war.

Als Kate aus Australien wiederkam, bemerkte sie es nicht sofort, so sehr war sie mit den Eindrücken des letzten Jahres vollgepackt und musste ihren Erlebnissen freien Lauf lassen. Sie war so herzerfrischend, so lebendig, fast hätte man denken können, sie möchte das Fehlen ihrer Schwester Linda kompensieren. Doch dann merkte Kate auch die veränderte Stimmung zwischen ihren Eltern. Beim Abendbrotessen konnte sie sich nicht mehr zurück halten: „Hier herrscht ja eine Stimmung wie im Totenhaus." „Leichenschauhaus", berichtigte sie Ron. „Das ist doch egal wie das heißt, was ist denn hier für Stimmung?" Ron blickte zu Anne, auch Kate blickte jetzt ihre Mutter an. „Woher soll ich das wissen, frag deinen Vater!" „Na toll. Jetzt bin ich es. Was soll denn das Anne?" „Wer ist denn hier immer unterwegs!" „Au nicht so Anne, fange nicht so an!" „Halt Stopp!", ging Kate dazwischen, „hier wird nicht gestritten, was ist denn los mit euch. Nur weil Lyni nicht da ist oder warum? Ich verstehe euch nicht. Darf ich aufstehen, ich bin satt. Es ist schon echt traurig wenn ihr euch so streitet." Kate legte das Besteck weg und schob den Teller nach hinten. Dann ist sie aufgestanden und nahm ihre Jacke und ließ die Haustür ins Schloss fallen. „Kate..!",

rief Ron noch hinterher. „Na prima."
„Was, na prima", wollte Anne wissen.
„Nichts, sie hat doch recht. Ich gehe
mal und schau wo sie ist." Ab da nahmen
sie sich zusammen, um nicht mehr zu
streiten, erst recht nicht, wenn auch
noch Linda zu Hause war. Fast wirkte es
dann wieder so wie früher, als alle noch
hier wohnten. Doch nach 2 Jahren hieß es
auch, Abschied von Kate zu nehmen, sie
zog auch aus. Obwohl ihre Universität
ganz in der Nähe war, wollte sie im Internat wohnen. ‚Das Studentenleben haut-
nah erleben', sagte sie immer, obwohl Ron
es gerne gesehen hätte, wenn sie geblieben wäre. Aber wer wusste das mit dem

Studentenleben nicht besser als er. Sie
aßen alle vier zu Mittag, wie früher.
„Schön dass du gekommen bist, Lyni",
meinte Anne. „Mama das ist doch selbstverständlich wenn meine kleine Schwester
sich ins Studienleben schmeißen möchte!
Stimmt's Kat?" Sie drückte die Hand von
Kate. „Unser Kleeblatt! Die Forsters!",
gab Kate gut gelaunt von sich. „Prost!
auf uns, auf unsere Mädchen!", sagte Ron.
„Auf die angehende Rechtsanwältin und
Ärztin!" „Auf uns Alle, Paps!", fügte
Linda hinzu.

9. Kapitel - 4.Tag

Ron starrte immer noch angewidert und erschrocken, von dem was er gemacht hat, auf die Unglücksstelle. Polizei sperrte die Unfallstelle ab und suchte nach ersten Zeugen, vor allem vernahmen sie den Lasterfahrer. Dylan hatten sie schon mit einer Plane abgedeckt. Der Notarztwagen hat sich nicht sehr lange aufgehalten, der Notarzt stellte den Totenschein aus und schon hatten sie wieder einen neuen Notfall.

„Komm wir gehen", holte der Tod Ron aus seinen Gedanken. „Du glaubst doch nicht, dass ich jetzt nach Hause kann!", fuhr

Ron ihn schroff an. „Wir gehen nicht nach Hause, ich bringe dich woanders hin." „Wo willst du mich schon hinbringen?" „Zu deiner Tochter Kate!" Ron blickte jetzt erschrocken und erbost zum Tod: „geht das schon wieder los! Was soll das, du Monster!" „Doch nicht so gemein, vertraue mir doch mal!" „Dir vertrauen, dass meinst du doch nicht im ernst! Da bringst du wieder meine Tochter in Schwierigkeiten, mit deinen perversen Todesspielen. Lass mich in Ruhe! Und warum habe ich schon wieder zwei neue Ringe an meinen Fingern?" Der Tod musste schallend lachen, es war so ein düsterer Ton, dass sich Ron die Ohren zuhalten musste. „Wenn du mir nicht vertrauen kannst, wem dann in dieser Zeit? Mir, der alle am Ende ihres Lebenswegs gleich behandelt. Bei mir, na gut bei dir ja bald, gibt es kein arm oder reich. Wer tot ist tot." Ron blickt ihn verstört an und bevor er etwas erwidern konnte, griff schon der Tod nach ihm.

Ron erkannte das Gebäude, es war die Polizeistation. Unschlüssig stand er da und schaute auf die Eingangstür. Er drehte sich um, aber der Tod war nicht zu sehen. ‚Was soll ich hier?‘, dachte er. Vorsichtig drückte er die Klinke runter und streckte seinen Kopf durch die Tür. Ein langer Flur, beleuchtet von grellem Neonlicht ließ ihn seine Augen zusammenkneifen. „Wollen Sie rein oder was?", sagte ein etwas dickerer Polizist zu ihm. Ron wollte gerade etwas erwidern, da sah er am Ende des Flures Kate sitzen. "Ja, alles in Ordnung", gab er zu verstehen, „da hinten ist meine Tochter." „Tür zu!", rief der Polizist noch hinterher, aber Ron war schon losgerannt. Erst als er kurz vor ihr war, blickte Kate hoch in seine Richtung. Sofort ist sie aufgesprungen und ihrem Vater in die Arme gefallen. „Wieso bist du schon hier?", schluchzte sie, „habe doch gerade erst vor fünf Minuten auf den Anrufbeantworter zu Hause gesprochen." Ron hatte keine Worte, er drückte seine Tochter so sehr an sich. Die Tränen liefen an ihm runter. „Dad, ist doch gut, mir geht es gut!", versuchte Kate jetzt Ron zu beruhigen. „Ja…", wischte er sich dabei die Augen mit seinem Jackenärmel ab. Auch Kate musste sich die Augen wischen. Sie hatte eine Schramme am Hals, sonst konnte Ron nichts weiter entdecken. „Geht es dir gut mein Mädchen? Was…", Ron sprach nicht weiter. „Wieso .." „Was..?", unterbrach Ron sie. „Was, was..., mach du zuerst Dad." „Was ist passiert?" „So ein scheiß Typ, ich, wir, also Caro und ich waren beim Konzert von Coldplay, dann noch was trinken. Der

Idiot sagte…, scheiße erst war er so nett. Alles lief gut, bis ich sagte das ich Medizin studiere. "Ron schaute in ihre Augen, so blau wie die von ihrer Mutter. Sie war Anne sowieso in vielem so ähnlich. „Wir kamen auf die Organspende und er meinte, dass das alles Mist ist. Ich habe natürlich anders augmentiert. Jedenfalls erzählte er dann, sein Vater liegt auf der Intensiv und stirbt, weil er mal eine Niere gespendet hat und nun selber daran stirbt. Tolle Ironie sagte er." Kate musste erst mal Luft holen. Ron sah sie mit traurigen Augen an und hielt ihre Hand ganz fest. „Natürlich habe ich auch deine Geschichte erzählt, dass du eine Spenderniere hast. Dachte mir ja auch nichts dabei, aber als ich meinen Nachname sagte, da ist der Typ schon fast ausgerastet. Erst hatte er mich ständig angebaggert und dann wurde er auf einmal richtig aggressiv. Kennst du einen Derek Köby? Sag, Paps?" „ Natürlich…., aber was hat das mit dem hier zu tun?", versuchte er Zeit zu gewinnen. "Er meinte, du bist der Mann, dem sein Vater die Niere gespendet hat. Stimmt das?" „Und wenn es so ist? Deswegen bist du doch nicht hier Kat oder?" „Nein deswegen nicht, aber der Scheißkerl wollte mich dann verge….".

Tränen schossen in ihre Augen. "So ein Schwein!", er nahm seine Tochter in den Arm. „Paps was hat das alles mit dir zu tun? Hast du das gewusst?" „Kate, ich wusste es bis vorgestern auch nicht zu hundert Prozent, hatte es geahnt. Derek war oder ist mein Freund. Es ist alles so unwahr, so grausam." „Fräulein Forster", wurde er vom Polizisten unterbrochen. „ Geh nicht, zeige Dylan nicht an!" „Was, Paps? Der Typ gehört bestraft", versuchte sie sich aus Ron seiner Hand zu befreien. „Kate, tue es nicht, lass uns gehen!" „Paps, was ist mir dir los, ich bin deine Tochter Kate und das Schwein wollte mich vergewaltigen!", wurde sie jetzt lauter. "Das weiß ich doch mein Mädchen, aber es ist noch was Schreckliches passiert." „Was denn? Ist das Schwein verprügelt worden oder was?" „Fräulein Forster bitte!", wurde der Polizist schon etwas ungehaltener. „Nein viel schlimmer Kat,…. Dylan ist tot." Kate musste sich setzten. „Ist das wahr? Woher weißt du das? Paps sag!" „Lass uns erst raus hier." Er nahm Kate in den Arm und sie gingen zum Ausgang. Der Polizist sah ihnen kopfschüttelnd nach. „Na Hallo, mir soll es recht sein."

Sie gingen eine Weile schweigend durch die frische Frühlingsnacht. „Woher weißt du das, Paps? Und wieso warst du so schnell hier?" „Ach Kat, das ist alles nicht so einfach." Er überlegte, was er seinem Mädchen sagen sollte. Die Wahrheit? Unmöglich. „Die Hauptsache ist, dir geht es gut Kat" „Du lenkst ab. Wie geht es dir überhaupt, siehst so müde aus. Quatsch eigentlich siehst du Scheiße aus, entschuldige den Ausdruck. Aber…, und außerdem was ist zwischen Dir und Mama? Wo ist die eigentlich die ganze Zeit?" Sie setzten sich auf eine Bank, so dass Ron wieder in das Gesicht von Kate schauen konnte. Er konnte nicht antworten, wortlos blickte er sie an. „Paps, was ist mit dir? Und was haben die Ringe an deiner Hand zu bedeuten? Bist du etwa in einer Sekte? Das macht mir Angst, Paps!" Er nahm sie in den Arm und drückte sie, als wäre es das letzte Mal. Ron wusste es.

„Es ist so schön, dass es dir gut geht, dass dir nichts passiert ist. Ich bin so froh Kat. Hat er dir wirklich nicht wehgetan?" „ Es geht schon, war mehr die Angst. "Sie fror und Ron legte ihr seine Jacke über. „Du bist müde, stimmst?" „Ja eigentlich wollte ich schon lange im Bett liegen, habe morgen um acht Uhr schon die erste Vorlesung. Aber du hast noch nicht gesagt, wie Dylan gestorben ist." Ron zögerte und antworte leise: „Ein Laster hat ihn überfahren." Stirnrunzelnd sah sie jetzt ihren Vater an: „Woher weißt du das? Hast du es gesehen?" „Nein um Gottes Willen, ich weiß es eben. Frag nicht weiter. Bitte!" „Frag nicht weiter, Dad hörst du dir auch zu, hörst du mir zu?" wurde Kate jetzt lauter. „Du erzählst, er wurde überfahren, bist gleich fünf Minuten später auf der Polizeiwache, siehst aus als hättest du nächtelang nicht geschlafen und bist beringt wie ein Huhn. Was soll das alles Paps? Was ist mit dir?" „Die Hauptsache ist doch, dass es dir gut geht mein Mädchen. Ich rufe dir jetzt ein Taxi." „Nein das musst du nicht, hör auf damit. Du glaubst doch nicht, dass ich dich hier alleine

zurück lasse. Ich rufe jetzt Mama an."
Käthe wollte gerade ihr Smartphone aus
der Tasche holen, als es schon klingelte.
„Ja Hallo,… bin bei der Polizeiwache..,
gut bis gleich", legte sie wieder auf.
Ron sah sie fragend an: „War das deine
Mutter?" Sie schüttelte den Kopf. „Darüber wollte ich mit euch noch reden.
"Kate blickte nachdenklich in das Dunkel
der Nacht. „So habe ich mir das nicht
vorgestellt, dass der Abend so beschis-
sen endet." „Ach mein Mädchen", Nahm Ron
sie wieder in die Arme. „Ich hab dich so
lieb" und küsste dabei ihre Wange, die
jetzt feucht und salzig schmeckte. „Paps
ich hab dich doch auch so sehr lieb, aber

irgendwas stimmt nicht mit dir. Du bist so verändert." Sie wischte sich die Tränen mit Ron seinem Jackenärmel ab und musste gleichzeitig lachen. "Oh entschuldige, ist ja deine Jacke ", versuchte sie daran rumzuwischen. „Nicht schlimm, alles gut." „Luke kommt gleich und holt mich ab, aber erst fahren wir dich nach Hause. Glaube, wir sollten lieber morgen über alles reden", meinte Kate jetzt. Ron nickte, irgendwie war er erleichtert. „Wer ist Luke?" „Ist eine lange Geschichte, sagen wir es so, er ist ein guter Freund!" Dann gab sie Ron einen Kuss auf die Stirn und kuschelte sich an ihn ran. So warteten sie schweigend bis Luke mit seinem schwarzen BMW mit quietschenden Bremsen vor ihnen Halt machte. „Wunderbare Nacht euch", begrüßte er sie, „Wo ist meine Kathlen?" „Paps, das ist Luke, Luke mein Dad:" „Hallo", sagte Ron. „Wollen wir einsteigen und losfahren oder soll ich mich auch noch auf die Bank klemmen?", gab Luke locker von sich und küsste dabei Kate auf den Mund. „Nein wir fahren!", schubste Kate ihn von hinten in sein Auto. Sie setzte sich neben ihn und Ron stieg hinten ein. „Können wir erst meinen Dad nach Hause fahren?" „Wir können alles Kathlen, aber dafür erzählst du mir, wie du vom Coldplay Konzert zur Polizeiwache gekommen bist. Und du erzählst mir einfach mal alles". Ron hörte nicht viel von dem Gespräch, er sah die vielen Lichter der Nacht und er wusste, dass das jetzt und hier das letzte Mal mit seiner Tochter war. Der Kloß im Hals und in der Magengegend erdrückte ihn, so traurig machte ihn diese Situation. Andererseits war er dankbar, dass ihr nichts passiert ist und dass er noch diese Zeit mit ihr hatte. Das Auto hielt. „Wir sind da, Herr Forster,", schaute Luke nach hinten. „Danke und passen Sie gut auf meine Tochter auf." Ron stieg aus, Kate stand schon draußen. Sie gab

Ron die Jacke wieder und drückte ihn ganz fest an sich. Ron ließ es geschehen. „Schlaf dich aus Dad, ich rufe morgen, ach nee heute am Tage an. Und bestimmt komme ich Wochenende lang. Du schuldest mir noch Antworten. Grüß Mama schön und schlaf gut." „Du auch mein Mädchen, hab dich lieb!", liefen Ron jetzt die Tränen. „Paps, du tust ja gerade so, als würden wir uns nie mehr sehen. Hab dich auch ganz dolle lieb, bis dann." Sie drückte ihn und gab ihm einen Kuss, dann ist sie ins Auto gesprungen und Luke ließ die Reifen beim Anfahren quietschen und hupte noch wie ein Verrückter. Dann war sie fort, seine Jüngste. Kälte durchfuhr

ihn und er blickte zur Wohnung hoch, alles war dunkel. Das Ziffernblatt seiner
Uhr zeigte ihm, dass es 03.14 Uhr war.

„Na, Ron", hörte er eine tiefe Stimme.
Er musste sich nicht umdrehen, um zu wissen wer hinter ihm steht. Fast wäre Ron
ein Danke über die Lippen gekommen, so
war er noch in Gedanken. Aber er blickte
den Tod nur an und fühlte sich so unendlich leer. „Bist du bereit?" „Ob ich bereit bin?", Ron zuckte mit den Schultern.
„Welche Wahl habe ich denn?" „Es gibt
immer eine Wahl, Ron. Du hast deine Wahl
schon vor einem Jahr getroffen. Du hast
dich dort gegen das Leben entschieden.
Nun nehme das Schicksal auch an. Es ist

nicht jedem so viel Zeit gegeben, sich vom Leben zu verabschieden. Nun komm!" Und bevor Ron auch antworten konnte, fasste der Tod schon nach ihm.

Sie standen wieder im Warteraum der Seelen. „Warum bringst du mich jedes Mal hierher?", sah Ron den Tod fragend an. „Weil es dein neues zu Hause wird. Du sollst dich daran gewöhnen." Der Tod drehte sich um und hielt auf einmal zwei Schriftrollen in der Hand. „Sieh hier, deine täglichen Listen", lies er Ron einen Blick darauf werfen. Ron sah eine grüne Neonschrift, die Namen preisgab, die aber immer wieder verschwanden. Auf der anderen Rolle standen auch Namen in

Neonschrift, diese waren aber sehr gut lesbar und sind nicht vor seinen Augen verschwommen. „Das ist die Liste der unwiderruflichen Seelen, diese sterben auf jeden Fall heute. Die andere Liste ist die mit den Kandidaten, die es vielleicht sind. Es kann jede Seele an einem Tag treffen, da steht jeder darauf, deswegen verschwimmen auch die Namen. Du hast nur die Aufgabe dein Tagessoll mit der Liste aufzufüllen." „Woher weiß ich das denn?", zeigte Ron jetzt Interesse. „Ganz einfach, hast du diese Liste abgearbeitet, steht da noch eine Zahl. Diese fehlenden Seelen suchst du auf der anderen Liste aus. Deshalb kannst du dich in den 24 Stunden einfach hin und her bewegen." „Wie viele sterben denn jeden Tag?", wollte Ron jetzt wissen. Der Tod sah ihn jetzt an. „Das liegt an den Menschen selber, aber 100.000 sind es immer jeden Tag." „So viel?", konnte Ron es fast nicht glauben. Der Tod schwieg und zeigte durch die Tür in den Bahnhof der Seelen. „Komm!" Ron lief hinter ihm hinterher, es war so ruhig hier. „Wo steht Dylan, welchen Zug nimmt er?" „ Welchen Zug würdest du ihm geben, Ron?" Ron blickte in das unwahre Gewirr. Er wusste es nicht. „Keine Ahnung." „Ich sage es Dir", sagte der Tod, er steht in der Schlange der Unerwarteten. Ron suchte die Reihe, er hoffte Dylan zu erkennen, aber es sah alles gleich aus. Es waren nur Lichteffekte die vor ihm tanzten. „Kann ich nochmal auf deine Listen schauen?", ging es jetzt Ron durch den Kopf. „Wir können jetzt gehen. Und es wäre auch nicht gut für dich, wenn du die Listen nach Namen absuchst. Du sollst unvoreingenommen deine Entscheidung treffen." „Aber.." „Nichts aber, komm wir gehen!" Und schon berührte der Tod Ron an der Schulter.

Ron blickte sich um, er war im Krankenhaus. Er saß wieder vor der Intensivstation, vor Derek seinem Zimmer. „Hallo Sie!", wurde er gerufen, „ ja Sie", sagte

die Schwester als Ron sich umdrehte. „Ich
bin Schwester Marie und sie sind doch
ein Bekannter von Familie Köby oder?" „Ja
das ist richtig, was gibt es denn?" „Es
geht um Frau Köby, diese liegt in diesem
Zimmer da." Sie zeigte auf eine Tür im
Gang. „Wir mussten ihr eine Beruhigungsspritze geben. Ob Sie nicht mal mit ihr
reden könnten.", schaute die Krankenschwester ihn an fragend an, „oder kennen sie nähere Verwandte?" „Was ist denn
passiert? Ist was mit ihrem Mann?" „Nein
es ist was anderes. Bitte gehen sie zu
Ihr, das wäre sehr hilfreich. Mehr kann
ich ihnen nicht sagen.", ließ sie Ron
jetzt stehen. Ron sah ihr hinterher, wie

sie dann auf den Knopf drückt, um die Tür zu Intensivstation zu öffnen und darin verschwand.

Leise drückte er die Klinke nach unten und blickte durch den Türspalt. Lisa lag zusammengekrümmt auf dem Bett und blickte aus dem Fenster. Er ging leise in das Zimmer und setzte sich auf den Stuhl neben dem Bett. „Hallo Lisa!" sprach er sie an. „Du", drehte sie sich langsam um, ihre Augen waren vom Weinen richtig rotunterlaufen, „was willst du hier?" „Ich wollte nach dir schauen und fragen, ob ich was für dich tun kann. Jemanden anrufen oder so?" „Ja du kannst was tun, verschwinden!", erwiderte sie schroff. „Oder nein halt, du kannst mich auch umbringen, so wie Derek!" Ron sah sie entsetzt an. „Lisa?" „letzte Nacht haben sie meinen Dylan überfahren, er ist tot, mein Sohn ist tot! Verstehst du das?", schrie sie Ron an und fing an zu weinen. Hilflos sah er sie an. Er konnte ihren Schmerz verstehen, hätte sie gerne in die Arme genommen und ihr so gerne gesagt, dass ihm alles leid tut. Doch die Wahrheit war eine ganz andere, aber sie wusste nicht die ganze bittere Wahrheit und das ist auch gut so, dachte Ron. „Derek stirbt irgendwann, eigentlich ist er schon tot, Dylan ist tot, für wen soll ich noch leben? Kannst du mir das sagen?

Los sag!", schrie sie jetzt Ron an. „Warum ist die Welt so scheiße ungerecht?" Ihre Augen waren dick und verquollen vom vielen weinen. Am Kinn hing ihr ein Speichelfaden runter. Sie versuchte aufzustehen und wäre dabei beinah aus dem Gleichgewicht gekommen. Ron hielt sie fest und jetzt konnte er genau in ihre Augen blicken. Sie sah so erschöpft aus. „Lass los!", versuchte sie sich von Ron seiner Hand zu befreien. Sie setzte sich auf die Bettkante. „Wie ist das mit Dylan passiert? Es tut mir leid." Was sollte Ron sagen, dass ihr Sohn seiner Tochter was antun wollte? Unmöglich. „Sie wissen es auch nicht so genau, sagten er sei betrunken vor einen Laster gelaufen. Er ist doch mein Junge!" Legte sie jetzt den Kopf auf Rons Schulter. „Wie soll ich das alles schaffen? Da will ich auch lieber tot sein." Ron hatte keine Antwort. Sie blickten beide stumm an die Wand, bis Lisa sagte: „Ich werde Derek einfach abschalten, dann zur Schwester gehen und es melden. Dann müssen sie mich wegen Mord anklagen und ich kann als Sünderin vor dem Herrn im Himmel treten." „Tu das nicht, das willst du doch nicht wirklich. Du hast doch noch so viele Jahre." „Woher willst du das wissen. Mein Sohn hatte noch sein ganzes Leben vor sich. Und nun? Ohne meine beiden Männer möchte ich auch nicht mehr." „Glaubst Du, Derek würde das wollen? Dass du für ihn ins Gefängnis gehst und vielleicht noch deswegen die Todesstrafe bekommst. Das würde er nie wollen." „Was weißt du denn?", fing sie an zu weinen. Sie legte sich wieder hin und Ron legte seine Hand auf ihren Kopf. „Ich bin auf einmal so müde, die haben mir einfach eine Spritze gegeben. …die zeige ich an, wegen Körperverletzung.", lallte sie schon fast. „Kannst Du meine Schwester noch anrufen, die Nummer ist im Handy unter Sister. Bitte!", hörte Ron gerade noch. Ron schaute in ihrem Handy und tippte die Nummer bei sich ein. Lisa schluchzte und dann schloss sie die Augen. Ron streichelte ihren Kopf bis nur noch ein tiefer Atem von Lisa zu hören war, sie schlief. Die Beruhigungsspritze wirkte wirklich gut. Leise ging er aus dem Zimmer. Draußen lief er fast der Krankenschwester in die Arme. „Und wie geht es ihr?" „Sie schläft, aber sie hat mir diese Telefonnummer ihrer Schwester gegeben, wenn Sie", und hielt ihr das Handy hin. „Ja natürlich, warten Sie ich hole schnell was zu schreiben." Ron setzte sich auf den Stuhl, seine Knie zitterten. Was mache ich hier, dachte er. Kurz darauf war die Schwester wieder da und Ron schrieb ihr die Nummer auf. „Vielen Dank", sagte

sie, „und gehen sie noch zu Ihrem Mann?"
„Ich weiß noch nicht, bestimmt." Gab er
unentschlossen als Antwort. „Naja sie
wissen ja, Kittel anziehen!" Ron nickte.
Erst musste er mal auf die Toilette, er
blickte sich um, wo lang er laufen
sollte. „Schwester", rief er hinterher,
„Zum WC?" „Am Ende des Ganges", zeigte
sie mit dem Finger in die Richtung. Ron
lief zügig, als er dort war sperrte er
die Türe hinter sich ab und setzte sich
erstmal hin. Er konnte nicht glauben dass
ihm das alles passierte, er schlug mit
der Faust gegen die Wand. „Nun wollen
wir uns doch nicht selbst verletzen",

sprach eine düstere Stimme zu ihm. „Können wir gehen", flehte Ron ihn an. „Erst musst du deine Aufgabe erfüllen", gab der Tod von sich. „Welche Aufgabe nun schon wieder?" „Kannst du es dir nicht denken?" „Nein, verdammt noch mal, ich kann nicht mehr logisch denken. Ich kann überhaupt nicht mehr denken. Jeden Tag bringst du mich auf einen Bahnhof wo das Eis gefrieren würde, dann bringst du meine Tochter ins Spiel und lässt durch mich einen jungen Menschen sterben. Und was soll ich noch tun? Lisa umbringen?" kam es nun verzweifelt aus Ron seinem Mund. „Hm gar nicht so schlecht, ich wusste doch, du kannst denken. Derek oder Lisa,

Du entscheidest!" „Wie, ich soll Derek abschalten, oh gib mir Kraft", blickte Ron nach oben. „Sag nicht, du willst jetzt beten. Es bleibt trotzdem deine Entscheidung. Wir sehen uns." „Du Bastard!", schrie Ron noch, aber er war schon alleine. Er sah in den Spiegel, sein unrasiertes Gesicht mit grauem Bart, die dunklen Augenränder, denn seine Augen haben schon vier Nächte keinen Schlaf gesehen. Aber es ist komisch, eigentlich ist er gar nicht müde. Er drehte das kalte Wasser auf und hielt sein Gesicht darunter. Das Wasser kühlte die Haut, die sich anfühlte als würde er glühen. Es war so frisch, aber es konnte

das Gefühl der Angst nicht vertreiben.
Er drehte den Wasserhahn zu, sah nochmal
in den Spiegel und ging aus der Toilette.
Auf den Gang war zum Glück niemand zu
sehen, jedenfalls beachtete ihn niemand.
Er nahm einen Einwegkittel und drückte
den Knopf der Intensivstation. Dort am
Ende des Ganges standen zwei Kranken-
schwestern, aber er huschte schnell un-
bemerkt in das Zimmer von Derek. Im Zimmer lehnte Ron sich erstmal von innen an
die Tür, Schweiß lief ihm die Schläfen
runter vor Angst.

Da lag sein Freund Derek, genauso wie
beim letzten Mal. Ron trat an das Bett,
die Atemmaschine arbeitete monoton und

Derek sein Brustkorb hob und senkte sich in dessen Rhythmus. Ron fasste die Hand von Derek. Sein Gesicht sah schmal und kreidebleich aus, die Augen waren halb geöffnet. „ Hey Dicka", flüsterte Ron, „es tut mir so leid, was hier alles passiert. Das habe ich alles nicht gewollt. Kannst du nicht einfach die Augen aufmachen, los Dicka. Gebe dir sofort deine Niere wieder, aber deinen Sohn kann ich dir nicht wiedergeben. Aber mein Leben für deins, das bist du mir schuldig. Was soll aus deiner Frau werden, dass du mal die Lisa als Frau hast, Respekt Dicka!" Er blickte Derek an, aber kein Zucken, gar keine Reaktion. Traurig streichelte

Ron das Gesicht von Derek. „Danke Derek, du hast mir so tolle Jahre geschenkt, durch dich habe ich meine Frau Anne kennengelernt, indirekt natürlich, mein alter Freund. Habe mit ihr zwei wunderbare Mädchen, sind jetzt 22 und 20 Jahre alt. Hatte bis vor einem Jahr auch ein erfülltes Leben, was ich aber weggeworfen habe. Ich bin so ein Idiot. Du musst mir verzeihen." Ron ließ seinen Tränen freien Lauf. Beim Berühren von Dereks Hand, schlug sein Herz so schnell, dass Ron dachte, es würde heraus springen. Er zog den Pulsmesser von Dereks Finger und steckte ihn sich an. Die Hand war so dünn und kalt. Ron beobachtete die Armaturen und schaute mit einem Auge immer auf Derek. Jetzt wurde ihm bewusst, dass er immer noch Derek seine Hand hält.Ich werde dich jetzt gehen lassen mein Freund, verzeih mir. Ich hoffe so sehr, dass ich deine Frau dafür rette." Ron holte tief Luft. „Mich kann nichts mehr retten, nie hätte ich gedacht, dass ich so etwas kann. Erinnerst du dich noch wie du mich den ganzen Bergabstieg getragen hast und das mit einem verstauchten Knöchel. Ich habe dich lieb Dicka, wir sehen uns." Musste er sich die Tränen weg wischen. „Danke dass du ein Teil in meinem Leben warst." Er drückte Derek und gab ihm einen Kuss auf die Stirn. Er musste seine Tränen aus Dereks Gesicht wischen. „Ich mache es jetzt, ja? Draußen ist der Frühling Derek, du immer mit deinen großen Hemden, wo immer Sam raufgesabbert hat. Dir war es egal, musstest ja mit meinem Hund ringen. Du warst so vernarrt in Sam, hattest ja selber keinen Hund. Ach Derek!" Ron trat an die Beatmungsmaschine, mit der linken Hand streichelte er den Knopf. Rechts hatte er noch Dereks Hand in seiner. Klick war das einzige Geräusch, dann wurde die Atemmaschine immer langsamer, bis sie still stand. Ron schaute auf die Uhr und dann zu Tür, jetzt darf keiner reinkommen. Der Angstschweiß lief ihn in den

Nacken. Er sah Derek in die Augen, sah wie sein Brustkorb still stand. Wie sein Freund, der ihm fast zwei Mal das Leben rettete, jetzt stirbt. Obwohl er wusste, dass alles irgendwie verbunden war. Der Sturz wegen Derek, die Nieren die dabei kaputt gegangen ist. Die Niere die Derek dann gespendet hat und nun selbst keine mehr hat. Der Kreis hat sich nur geschlossen, Scheiß alles. Ron blickte zu Tür. Endlich, zwanzig Minuten müssten reichen. Den Schalter der Lungenatemmaschine legte er wieder auf on. Er nahm den Pulsmesser von seinem Finger und steckte diesen wieder bei Derek rauf. Sofort ging ein greller Piep Ton los.

Ron ließ schnell die Hand los und in hektischen Bewegungen rannte er zur Tür. Er blickte sich nicht mehr um. Schnell öffnete er die Tür, aber von draußen kam auch niemand, der Gang war leer. Ron lief so schnell er konnte zur nächsten Treppe. Zog den Kittel aus und warf ihn in den nächsten Mülleimer. Dann musste er sich erstmal an die Wand lehnen, so übel wurde ihm. Er sah auf seine Hände, oh nein, nicht schon wieder. An beiden Händen hatte er jetzt wieder einen Ring mehr. „Lass uns gehen!", hörte er den Tod sagen. „Das war dein zweiter Toter!" Ron blickte ihn verbittert an. Zu mehr kam er nicht.

10. Kapitel

Als Ron aus der Kneipe kam und er die
Sonne im Gesicht spürte, ist er losge-
laufen, wie ein Verrückter. Er rannte
ohne Ziel, einfach bis er Seitenstechen
bekam, er völlig außer Atem war und ein
Krampf in seinem Schenkel ihn schmerz-
haft niederknien ließ. Völlig aus der
Puste streckte er sein Bein aus, um den
Krampf zu lösen. Es war keine Bank in
der Nähe, so ließ sich Ron einfach auf
den Bordstein nieder. Verschwitzt
blickte er die Menschen an, die ohne ihn
groß zu beachten, an ihm vorbei liefen.
Wer würde mich schon vermissen? Dachte

er. Nur meine Mädchen. Ich konnte ihnen noch nicht mal Auf Wiedersehen sagen. Linda nur am Telefon und Kate in der Nacht, die so schrecklich war mit Dylans Tod. Aber er wollte Kate wehtun, dieses Schwein, wurde jetzt Ron immer noch wütend auf ihn. Warum ist das alles passiert? Wegen mir, gab er sich jetzt die Schuld. Ich habe das zu verantworten, nur weil ich mich vor einem Jahr aus dem Leben stehlen wollte.

„Wo willst du hin, Ron?" fragte Anne ihn, als er nach dem Frühstück seine Jacke angezogen hat. „Nur mal an die frische Luft, bin bald wieder da." „Aber es regnet doch!", erwiderte Anne. Da hatte er aber schon die Tür ins Schloss gezogen, ohne zu antworten. In Ron seinem Kopf drehte sich alles. Er hat es Anne noch nicht gesagt, vor 3 Wochen hatte er seine Kündigung erhalten. Der Auftrag ging an eine andere Werbeagentur, seine Abteilung wurde aufgelöst. Er hatte es zu verantworten, dass die anderen fünf Mitarbeiter auch gehen mussten. Ab Morgen ist er arbeitslos. Die letzten drei Wochen ist er immer aus dem Haus gegangen, war aber nie mehr im Büro. Ihm hatten die Gesichter gereicht, an dem Tag, als sein Chef kam und es verkündete. Einfach so nach zwanzig Jahren. Natürlich lief es schon vorher schlecht und dieser

Auftrag sollte der neue Katalysator werden. Sie wollten nochmal richtig durchstarten. Und nun das. Ron fühlte sich so klein, er konnte den anderen nicht in die Augen schauen. Die vorwurfsvollen Blicke. Es war so etwas unwiderrufliches, er der studierte Werbefachmann hat seine Mitarbeiter nicht retten können. Maggi mit ihren 46 Jahren und zwei Kindern ohne Mann, Henk der Raten für sein Haus zu bezahlen hatte, Doro mit 59 Jahren, wo sollte sie hin in ihrem Alter? Luis der zwei geschiedene Ehen hatte mit drei Kindern, wie sollte er den Unterhalt bezahlen? Der einzige war Fred, er war jung und hatte, soweit Ron wusste, keine Verpflichtungen. Sie waren bis dahin ein Team, aber nun sahen sie alle nur zu Ron. Seine Idee war nicht gut genug, die ganze Arbeit von Wochen verpufft. Alle Hoffnung verloren!

Erst war es nur so ein fixer Gedanke beim Umherlaufen: ‚ich mache Schluss‘, dachte er. Jeden Tag hat sich dieser Gedanke mehr in ihm festgesetzt. Er saß auf der Parkbank, beobachtete wie sich Leute stritten, wie Mütter genervt ihre Kinder riefen. Wie junge Leute, mehr Kriminelle, Drogen im Park vertickten. Wie ein alter Mann von Jugendlichen geschlagen wurde, nur weil sein Hund auf den Rasen gemacht hat. Keiner hat dem alten

Mann geholfen, Ron auch nicht. Es war ihm egal. Er versuchte, sich nicht gegen diese Gedanken zu wehren, warum auch? Die Welt ist doch so schlecht, ich möchte nicht mehr dazu gehören. Einfach weg und gut. Viele Möglichkeiten überlegte er sich. Vor die U-Bahn oder ein Auto schmeißen. Nein es sollte aber wie ein Unfall aussehen. So lief er jeden Tag auf der Suche nach der Lösung. Anne merkte es nicht, sie war so mit ihrer Arbeit beschäftigt. Und wenn die Mädchen anriefen war alles in Ordnung, sie waren so voller Tatendrang. Er lief durch den kalten Regentag: ‚Aprilwetter halt‘, dachte er. Aber perfekt für mich. Vor vier Tagen hatte er die Stelle gefunden, die ideal für sein Vorhaben war. Ein alter Baumstamm lag quer über dem Fluss, schön in einer Höhe von drei Metern. Noch hatten die Forstmitarbeiter diesen nicht entfernt. Ron stand vor dem Baumstamm, der Regen wurde jetzt stärker und er hoffte, dass er es bis zur Mitte des Baumstamms schafft und er sich dann einfach fallen lässt in das Flussbett. Es würde wie ein Unfall aussehen, er der Nichtschwimmer, muss doch mal zu irgendwas gut sein dachte er, rutscht vom schmierigen Stamm ab und ertrinkt. Er sah sich um, es war kein Mensch zu sehen. Nochmal wischte er sich den Regen aus den Augen: ,keinen Fehler machen jetzt, Ron', dachte er. Dann setzte er vorsichtig seinen linken Fuß auf den Stamm, ein Schritt nach dem anderen. Der Schweiß vermischte sich mit dem Regen, aber er ging vorsichtig bis zur Mitte weiter. Unter ihm war der Fluss in tosender Bewegung. Er blickte unter sich, die Angst überkam ihn. So hielt er eine Zeitlang inne, verzweifelt und ermüdet sah er nun das Wasser. Wie wird es sein, waren seine letzten Gedanken. Dann begannen seine Knie zu zittern und er verlor ungewollt das Gleichgewicht. Er schlug mit dem Rücken noch auf den Baumstamm auf. Vor Angst wollte er noch reflexartig nach

Halt greifen. Aber es war zu spät. Im Wasser schlug er mit dem Kopf auf einen Stein, so dass er das Bewusstsein verlor. „Hast du das gesehen? Da ist einer ins Wasser gefallen. Rufe die Feuerwehr und den Notarzt", rief Steve noch seiner Freundin zu und rannte schon los. Beim Rennen zog er sich schon die Jacke aus und streifte seine Schuhe ab. Mit einem Sprung ist er in das kalte Flusswasser gesprungen. Steve schwamm schnell und tauchte jetzt nach unten. Dann erblickte er Ron seinen Körper, mit einer Hand konnte er diesen gerade noch greifen. Er versuchte den Kopf von Ron über Wasser zu bekommen, was aber nicht gleich beim ersten Mal gelang. Aber Steve gab nicht auf, nun hatte er endlich den Arm unter Ron seine Achseln gebracht und schwamm mit ihm langsam an Land. Dort half ihm seine Freundin Jane, Ron an das Ufer zu ziehen. Sofort begann Steve mit der Wiederbelebungsmaßnahme, er drückte den Brustkorb von Ron mit seine Händen nach unten und wieder hoch, immer wieder und wieder. Zwischen durch beatmete Jane Ron durch den Mund. Bis Ron auf einmal wieder hustete und langsam die Augen öffnete. „Hallo, hier bleiben", rief Steve und gab Ron eine Ohrfeige. In diesem Augenblick traf auch die Feuerwehr ein. Sie wickelten Ron sofort in eine Wärmedecke und

setzten Steve mit einer Decke ins Feuer-
wehrauto. Als der Notarzt kam, wurde Ron
in den Krankenwagen gebracht und er wurde
stabilisiert und bekam gleich eine Infusion, dann fuhren sie mit ihm los. Als
Ron wieder bei vollem Bewusstsein war,
lag er in einem Krankenbett. „Da bist du
ja wieder, Paps", hörte er Kate sagen. "
Was machst du denn für Sachen, Ron!",
erkannte er Anne ihre Stimme. Kate legte
ihren Kopf an sein Gesicht und er merkte
ihre Tränen. „Was hast du da gewollt?
Ich habe dir doch gesagt, es regnet!",
sagte Anne vorwurfsvoll. Ron blickte sie
nur an, er sah ihre verweinten Augen.
„Linda ist auch schon auf dem Weg hierher

Paps. Mensch, Du hast so ein Schwein gehabt, dass Steven und Jane gerade da waren. Das ist gar nicht auszudenken. Warum bist du überhaupt darüber gelaufen,
Paps?" „Das verstehe ich auch nicht!",
meinte Anne jetzt und drückte Ron seine
Hand. „Du hättest tot sein können,
quatsch du wärst tot", fing jetzt Kate
wieder an zu weinen. Ron wusste nichts
zu sagen, am liebsten wäre er vor Scham
weggelaufen. Dann ging die Türe auf und
Linda lief direkt zu seinem Bett. Sie
drückte ihn und konnte ihre Tränen nicht
halten. „ Was machst du für einen Dreck
Paps!", weinte sie. Anne reichte ihr ein
Taschentuch. „Ach Mama", fiel sie jetzt

ihrer Mutter um den Hals. „Oh Kat",
schluchzte Linda und drückte nun auch
ihre Schwester ganz fest. „Alles noch mal
gut gegangen Lyni", sagte Käthe. Nun
blickten sie alle drei zu Ron. ‚Was habe
ich gemacht', dachte Ron. Am anderen Tag
kam nur noch Anne, die beiden Mädchen
mussten wieder zur Universität. Ron
fühlte sich organisch wieder gut, aber
so schnell konnte er nicht nach Hause.
„Was hast du dort gewollt, Ron? Du warst
doch nicht zufällig dort? Kannst du bitte
mit mir reden!" Anne stellte eine Frage
nach der anderen. Ron sah sie nur an, er
hatte noch keine Antwort, er wollte nicht
antworten. „Warum redest du nicht mit

mir? Ist es so schlimm, dass du so gehen willst? Dass du die Mädchen und mich einfach so verlässt? Ron was ist mit dir?" Tränen liefen ihr aus den Augen und sie musste sich die Nase schnauben. „Anne weine bitte nicht!", war das erste, was Ron nach fast zwei Tagen sagte. „Dann rede doch mit mir!" Ron nahm ihre Hand und blickte in ihre blauen Augen, die ihn jetzt sorgenvoll betrachteten. Er konnte aber nicht reden, es war, als würde ihm jemand die Kehle zu drücken. Dieses Gefühl ging tief in die Magengegend. Er musste aufspringen und auf das WC rennen um sich zu übergeben. Anne

merkte, dass sie Ron nicht wirklich erreicht und dass mit ihm irgendetwas nicht
stimmte. Die Vermutung, dass es ein Suizidversuch war, wurde in ihr immer grö-
ßer. Als Ron wiederkam, sah er kreidebleich aus. „Geht es wieder?", fragte sie
ihn besorgt. Er nickte und wollte sich
wieder ins Bett legen. „Halt! Warte mal
Ron." Sie trat an ihn heran und nahm ihn
in die Arme. Anne drückte ihn so fest
und küsste ihn auf die Wange, dass Ron
fast keine Luft mehr bekam. „Warum Ron?",
flüsterte sie in sein Ohr. „Warum?" Ron
konnte nicht antworten. „Ich liebe dich
Anne, aber…" Er fing an zu weinen. „Mein
Job", schluchzte er, „mein Job, er ist

weg!" „Wie, weg?.... Und deswegen springst du in den Fluss?", streichelte Anne ihm durch die Haare. Ron ließ sich auf sein Bett sinken und drückte seinen Kopf an Annes Bauch. „Warum? … Warum hast du nichts gesagt, Ron? Rede doch mal. Hallo, ich stehe hier, deine Anne. Haben wir bis jetzt nicht immer alles geschafft? Wolltest du dich wirklich einfach so aus dem Leben stehlen? Ich verstehe dich nicht!" „Anne, lass es bitte gut sein, ich verstehe es selber nicht." „Du verstehst es selber nicht? Wie meinst du das? Das war doch Absicht oder nicht? Anne schüttelt den Kopf. „Morgen rufe ich bei deinem Chef an….was der sich denkt!"

„Du rufst da nicht an, das ist vorbei! Ich will das nicht!", wurde Ron jetzt lauter. "Ich möchte jetzt schlafen!", legte er sich hin und drehte sich zum Fenster. Anne blickte ihn nur ratlos an. „Was ist nur geworden Ron?" Sie beugte sich zu Ron und küsste ihn auf die Stirn. „Bis morgen!"

Nach diesem Gespräch konnte Anne nicht anders, sie sprach mit einem Psychologen und Ron musste sich noch zwei Wochen einer stationären Therapie unterziehen. Ron war zuerst nicht begeistert und er machte Anne Vorwürfe, vor allem konnte er sich immer noch nicht seinen Mädchen erklären, zu groß war die Scham vor

ihnen. Bei Linda und Kate waren die Re-
aktionen auf die Wahrheit fast iden-
tisch. Aus der Angst wurde Sorge um ihren
Vater Ron, aber es fehlte ihnen die Zeit
um ihm groß Vorwürfe oder irgendetwas
anderes zu machen. Nach den zwei Wochen
war zu Hause nichts mehr beim alten. Ron
musste weiter zum Therapeuten, aber alles war verändert. Anne hatte sich verändert, zum Anfang musste er jeden
Schritt genau erklären: „Wo willst du hin
Ron? Wann bist du wieder hier?", ich kann
das nicht mehr hören, Anne. Ich werde
mir nichts mehr antun. Und wenn ich zu
Steve und Jane gehe, brauchst du nicht
mitkommen…Das schaffe ich alleine." Anne

sah ihn an und zuckte mit den Schultern „Na dann, ist doch gut. Dann kann ich ja wieder auch Nachtdienst machen." „Ach scheiße Anne, so war das nicht gemeint, ich brauche dich doch!", versuchte er sie an sich zu ziehen. „Ist schon okay, lass es gut sein Ron", drückte sie seine Hand kurz und ging etwas auf Distanz zu Ron.

Das Treffen mit Steve und Jane war für Ron dann doch nicht so einfach, wie er dachte. „Ich weiß gar nicht, was ich sagen soll", stammelte Ron. „Ist schon gut, sagen Sie einfach nichts. Ist auch in Ordnung", meinte Jane. „Wir wollten auch nichts dafür, aber ihre Mädchen haben uns eine Reise geschenkt. Sie ließen sich nicht davon abbringen." „ Danke", konnte Ron nur kurz sagen. „Nicht dafür", antwortete Steve. „Tut mir leid, dass ich nicht früher auf euch zugekommen bin. Verstehen sie mich jetzt bitte nicht falsch ", sah Ron jetzt mit starrem Blick zu Steve. „Ich möchte aber auch nicht mehr, dass wir in Kontakt bleiben. Das ist heute hier einmalig. Ich bin ihnen für das was Sie getan haben sehr dankbar, auch im Namen meiner Familie. Aber das sollte es dann auch sein." Sah Ron jetzt etwas ernster aus. Jane und Steve schauten sich etwas ratlos an, mehr überrascht von der direkten Art und Weise von Ron. „Wenn sie das so möchten, dann ist das für uns auch in Ordnung." Gab Jane ihm etwas enttäuscht gleichzeitig die Hand. „Wir werden jetzt gehen, machen sie es gut Ron und passen sie gut auf sich auf!" kam von Steve. „Tschüss", und damit war für Ron das peinliche Treffen beendet und er öffnete erstmal seinen oberen Hemd-knopf und atmete tief durch.

11. Kapitel – 5. Tag

„Warum ist bei dir nie jemand zu Hause? Selbst in der Nacht nicht?", fragte der Tod mit seiner tiefen Stimme. „Es ist ja fast so wie in deinem neuen zu Hause, so Kaaaalt!", zog er das Wort lang. „Halt doch das Maul, du Scheusal! Platzt hier einfach immer rein und redest von Dingen die du nicht verstehst!" „Wie was? Wie Liebe? Hahaha!", lachte der Tod düster. „Dich muss doch auch keiner mehr lieben! Nie sehe ich hier jemanden." „Das sagst du, der einsam durch die Zeit irrt. Lass mich doch in Ruhe. Mir geht es nicht so gut." Zog sich Ron ein frisches Hemd an und betrachtete den Jackenärmel, den Kate als Taschentuch benutzt hat. Was wohl Lisa macht? Dachte er an sie. „Es hilft nicht, wenn du darüber lange nachdenkst. Du kannst nicht jeder Seele nachtrauern!" „Sei doch leise N i c o l a s….", äffte Ron mürrisch den Tod an. „Sage lieber mal, warum ich nicht mehr schlafen kann?" „Hm, siehst du mich schlafen? Du bist als Tod nicht mehr körperlich existent. Schlaf brauchst du nicht mehr. Du bist schon im Prozess, unstetig, immer auf der Suche nach Seelen für deine Listen." „Tolle Scheiße und jetzt? Ich lebe doch noch. Aber sag ruhig, wem soll ich jetzt noch Unglück bringen?" sah Ron den Tod mitleidenswert an. „Es ist kein Unglück, was du bringst, nicht für Dich! Komm." Und schon packte der Tod Ron am Arm. „Gewaschen bist du doch oder? Hahaha!", schallte das dunkle Lachen nach.

Die Sonne schien jetzt Ron ins Gesicht. „Oh gar nicht in mein neues Büro? Ist ja mal was Neues!", konnte Ron es sich nicht verkneifen. „Wir sind ja mitten in der Stadt. Und auch noch am Tage und auch kein Krankenhaus, es wird doch!" Der Tod sah jetzt Ron mit einem leicht zur Seite geneigten Kopf an. „Du erstaunst mich Ron. Mal sehen, was du aber gleich sagst." „Wozu?" Doch der Tod war schon fort. Ron blickte sich um, super Wohngegend hier, bin ich schon oft vorbei gefahren. Aber was soll ich hier dachte er. „Ron?... Das gibt es doch, nicht. Du bist es, Ron Forster. Heilige scheiße, alter du bist es!" Ron blieb der Mund offen stehen, vor ihm stand Rob. „Was los alter Freund, schaust mich ja an als wäre ich der Leibhaftige. Junge Ron!", haute Rob ihm auf die Schulter. „Erkennst du mich nicht? „Doch, doch…. Du bist es! Bin nur etwas überrascht, dich hier zu sehen." „Na, das sehe ich, kannst dich vor Freude ja kaum halten. Wie geht es denn so, siehst etwas mitgenommen aus. Und reden magst du auch nicht mehr so viel." Ron schüttelt ungläubig den Kopf: „dafür redest du ja wie ein Wasserfall, Rob." „Ich freue mich halt, dich nach so langer Zeit zu treffen. Lass dich doch mal drücken mein Freund." Schon hatte er Ron in den Arm genommen und fest an sich gedrückt. „Jetzt ist gut, ich glaube dir, dass du Rob bist. Freue mich doch auch." Ron schob jetzt Rob etwas von sich: „nicht dass du mich jetzt auch noch küssen willst." „Der Ron, immer für ein Späßchen zu haben. Wie früher, Junge, Ron, so lange haben wir uns nicht gesehen und nun stehst du vor mir." Rob fuhr sich mit seiner Hand durch sein frisch frisiertes Haar, das leicht gegeelt, immer noch so braun aussah wie vor fast dreißig Jahren. „Rob Braun", kam Ron leise über die Lippen: „was machst du eigentlich hier?" „Das ist deine erste Frage an mich, na gut…ich wohne hier. Habe in dem Haus..", er zeigte mit der Hand in die Richtung hinter Ron, „eine Penthaus Wohnung, 145 qm, 3 Bäder, 2 Schlafzimmer, eine riesen Dachterrasse und eigenen Fahrstuhl. Kann dir auch eine besorgen." Blickte er jetzt erwartungsvoll Ron an. „Geht es noch eine Nummer kleiner, bist du jetzt in der Maklerbranche? Ich brauche aber keine Wohnung." „Ich mache alles, was Geld bringt", und reibt dabei seinen Zeigefinger und Daumen hin und her. „Das Geld liegt auf der Straße, man muss sich nur schnell genug bücken, Ron'i-Boy." „Nenne mich bitte nicht so!", kam jetzt Ron etwas unsanft über die Lippen. Rob sah ihn verdutzt an. „Die beste Laune hast du aber nicht oder? Weiß, das hat immer nur Dicka zu dir gesagt, aber ich dachte wir sind Freunde?" „Freunde?", stellte Ron sich jetzt fast selbst die Frage. „Sorry Brauni, hast ja Recht. Hatte einen schlechten Tag, obwohl es mehr eine Woche war." „Komm, wir gehen was trinken, mein Freund, lassen die alten Zeiten wieder aufleben", legte Rob schon seinen Arm um Ron und zog diesen mit sich. „Hast du denn Zeit?"

„Spinnst du Ron, da habe ich dich so lange nicht gesehen. Da habe ich jetzt den ganzen Tag für dich Zeit." Er holte seine I-Phone raus und stellte es auf stumm. „Dir geht's gut oder?", blieb da Ron nur zu sagen. „Kann mich nicht beklagen", nickte Rob. „Aber lass uns erstmal eine Bar suchen mein alter Freund", Rob ging forsch voran, wie früher. „Nun erstmal Prost mein alter Freund", erhob Rob das Glas. „Auf unser Wiedersehen!", und stieß sein Glas an das von Ron. Sie leerten ihre Gläser in einem Zug. „Noch mal dasselbe!", zeigte Rob zwei Finger in die Richtung der Bedienung. „Das ist doch Wahnsinn, dass wir uns ausgerechnet hier treffen, Ron. Ich freue mich so. Was hast du denn so gemacht, Junge? Habe ja versucht, dich zu erreichen, aber deine alte Adresse bei deinen Eltern war nicht mehr aktuell." „Nee sind öfter umgezogen danach, wegen Vater und der Armee. Nun ist er ja schon tot." „Oh mein Beileid, wusste ich nicht." „Alles gut, Rob, ist schon viele Jahre her. Lungen-krebs, stark geraucht." „Prost Ron", hob Rob das Glas erneut. „Prost!" Und sie leerten die Gläser wieder in einem Zug. Rob winkte zur Bedienung: „Noch mal das Gleiche", sagte er augenzwinkernd zu dieser. Als sie die Gläser brachte, beugte sich Rob vor und flüsterte ihr was ins Ohr. Fast sah es so aus, als würde die Bedienung etwas erröten. „Süßes Etwas … und erst der Hintern", Rob schnalzte mit der Zunge. „Was hast du ihr geflüstert?" „Ron, du kannst zwar alles trinken. …Prost!", hob er das Glas und lachte Ron an. „Du hast aber auch ein Tempo an Dir." „Ach Ron, heute lassen wir es krachen. Ich freue mich so, dich heute wiederzusehen,.aber jetzt sag doch mal, wie es dir so ergangen ist?" Und winkte dabei schon wieder in Richtung Tresen. „Wie soll es mir ergangen sein", verstummte Ron jetzt. „So richtig viel erzählen ist aber auch nicht deins heute oder?" Und schon kam die nächste Runde.

Zu den Gläsern schob sie auch noch einen Zettel mit der Telefonnummer unter Rob sein Glas. Nun sah er sie mit seinen braunen Augen an und ihr Lächeln traf sogar Ron, so schön war es. „Du bist ein Schwerenöter, du bist noch genau wie früher Rob." „Viel schlimmer Ron, habe ein Verhältnis mit einer verheirateten Frau, schon seit Monaten. Das ist ein scharfes Gerät!" „Und du bist du verheiratet? Denke, bestimmt, und Kinder hast du auch, oder?" „Ja, zwei tolle Mädchen und natürlich auch verheiratet." „Warst schon immer der Vernünftige von uns. Bei mir ist klar, heiraten kam und kommt nicht in Frage, dafür gibt es viel zu viele schöne Frauen. Einer alleine kann ich nicht gerecht werden." „Macht das nicht Einsam, abends meine ich?" „Quatsch Ron, ich bin so viel unterwegs, schon wegen meiner Werbeagentur. Habe die von meinen Eltern übernommen. Erst wollte ich das nicht, aber wer sollte es machen. Wenn ich meinen Geldhahn behalten wollte, musste ich also ran. Und ich sage Dir, hätte nie gedacht, dass es mir solchen Spaß macht. Vor allem, dass es so läuft, Spitze, Prost Ron!" „Hau weg!", hob Ron das Glas. „Loreen die nächste Runde", rief jetzt Rob und zeigte zwei Finger hoch. „Loreen? Stand das auf dem Zettel?" wollte Ron wissen. „Warum, möchtest Du auch ihre Telefonnummer? Ron so geht das nicht!", musste Rob jetzt lachen und Ron zeigte ihm einen Vogel. „Ich habe eine tolle Frau. Die beste die es gibt." „Na dann bleibt mehr für mich. Prost Ron." „Aber ich war ja bei meinem Job stehen geblieben. Hast ja das Haus wo meine Wohnung ist, gesehen, oder? Bestimmt…, bin auch noch Makler, eine Branche die soviel Geld bringt. Unsagbar. Einmal angefangen Ron, kann man nicht mehr die Finger davon lassen. Das ist wie mit den Frauen, da kommt man auch nicht von los. Jede sieht anders aus und immer wieder hübscher." Schon war Loreen wieder am Tisch und füllte die Gläser auf. „Du bist ein Goldstück!", küsste Rob ihre Hand. „Ich habe aber nicht so viel Geld dabei." „Spinnst du Ron, das ist heute alles meins. Du bist da, mein alter Freund, da brauchst du nicht an Geld denken. Weißt du, was geil wäre, wenn jetzt noch Dicka durch die Tür kommen würde. Das wäre was….Prost!" „Prost", sagte Ron leise. „Du hast aber immer noch nicht gesagt, was du so treibst? Warum siehst du überhaupt so traurig aus?", legte jetzt Rob den Arm über Ron seine Schulter. Ron blickte traurig in das leere Glas. „Derek ist tot." „Was, erzähle doch nicht solchen Quatsch, willst mich testen…Loreen mein Schatz", zeigte er zwei Finger. „Was ist mit Dicka? Unfall oder war er krank?", sah jetzt Rob in Ron sein Gesicht. „Er ist tot, eingeschlafen gestern, Organversagen." „Einfach so? Unser Dicka! Auf ihn. Auf das Leben, es kann so schnell vorbei sein. Prost!" „Ja, Prost." ‚Wie Recht du hast', dachte Ron, wenn du wüsstest. „So, jetzt lassen wir uns aber deswegen nicht unser Wiedersehen verregnen. Loreen mein Engel", drehte er seinen Kopf zu ihr. „Da ist ja mein Engelchen, bitte einmal nachfüllen. Mein Freund Ron ist gerade wieder etwas traurig", hatte Rob jetzt schon die Hand an der Hüfte von Loreen. "Na na, junger Mann!", lächelte sie Rob an, strich ihm durch sein gut gegeltes Haar und nahm seine Hand von ihrer Hüfte. "Wir wollen doch artig sein." Rob küsste wieder ihre Hand. „Ach, ist das schön", sagte er freudig zu Ron, „wir beide hier. Und dann noch solche schöne Bedienung." „Denke, du hast da eine Frau?" „Na klar die ist super, sieht toll aus und im Bett so eine wilde Katze. Aber ich bin doch nicht mit ihr verheiratet." „Und wie bist du auf die gekommen? Auch in der Bar aufgegabelt?" „Ach nö, das war wegen eines Werbeauftrages. Auf einmal stand sie da. Da blieb mir erstmal die Luft weg. Ist auch aus dieser Stadt. Die Stadt liegt mir glaube ich, bin ja erst seit circa einem

Jahr hier richtig aktiv. Habe eine Ausschreibung gewonnen, da haben die gleich die ganze Abteilung raus gefeuert und mich mit meiner Crew angestellt. Naja dir kann ich es ja sagen, war nicht ganz fair, habe einen dicken extra Bonus gezahlt, aber so ist das Business." „Was du nicht sagst." „Prost mein Freund." „Ja, Prost Rob, auf deinen Erfolg!" „So wie du das sagst, hört es sich an, als hättest du Zahnschmerzen. Was los Ron? Es kann doch nicht nur wegen Derek sein. Hast du Sorgen? …..Loreen mein Mäuschen." „Es ist nichts", wiegelte Ron ab. „Schön voll machen mein Käfer", und gab ihr einen Kuss auf die Wange. Rob wurde

immer unbeschwerter, der Alkohol ließ
ihn immer lockerer werden. „Aber auf jeden Fall Ron, lernte ich dann meine Geliebte kennen. Zuerst nur mal essen, aber
ich wollte sie, ich wollte sie richtig.
Und glaube mir sie wollte auch. Nun sind
wir schon fast vier Monate zusammen."
„Und ihr Mann merkt der nichts?", wollte
Ron wissen. „Ach….Prost erstmal mein
Freund!" Und Rob hob sein Glas im Über-
schwank, dass die Hälfte auf den Tisch
schwappte. „Prost, wir sollten langsam
machen Rob." „Ach quatsch, Loreen mein
Schatz", hob er die Hand. „Was ist nun
mit dem Mann deiner Geliebten?" „Der muss
doch eine taube Nuss sein. Irgend so ein

Psycho. Dem erzählt sie, dass sie arbeiten muss, der fragt gar nicht weiter. Sie will ihn bald verlassen. Glaub mir Ron, ich weiß gar nicht ob ich das möchte,…..Loreen, da bist du ja." Er steckte ihr einen Geldschein in die Hand. Er flüsterte ihr was ins Ohr, sie wurde dabei wieder etwas rot im Gesicht, aber sie flüsterte was zurück. Ron sah beide an und wusste genau was sie reden. Die Bar war jetzt sehr gut besucht, aber Loreen kümmerte sich fast nur um Rob und Ron. „ Liebst du die Frau, Rob?" „Ich liebe die Frauen…", wurde Rob zum ersten Mal etwas nachdenklich und ruhiger. „Nein, ich meine ob du deine Geliebte liebst? Schließlich will sie für dich ihren Mann verlassen." „Oh Ron das Wort Liebe, ich bin kein Mann für feste Bindungen. ….Prost!" „Prost Rob." Sie tranken beide das Glas in einem Zug aus. „Hast du das der Frau, deiner Geliebten gesagt?" „Was gesagt?" „Na, dass du kein Mann für feste Bindungen bist." „Wieso? Ist doch alles gut so, meinetwegen muss sie ihren Mann nicht verlassen. Mir reichen die Stunden mit ihr, der unkomplizierte Sex.…..Loreen…", ruft Rob nach ihr. „Irgendwie bist du so ein kleines Arschloch", blickt Ron ihn jetzt mit zusammengekniffenen Augen an. „Ach Ron, leben und leben lassen. Nur der Stärkere hat Erfolg. Los komm, wir trinken noch was!" Er wollte gerade Loreen rufen, aber sie stand schon neben ihm. „Danke meine Süße!" „Magst schon Recht haben Ron, vielleicht bewundere ich dich auch. Hast Familie, hast bestimmt auch einen Job, dein geregeltes Leben, weißt, wo du hingehörst. Aber das bin ich nicht, c'est la vie. Prost!" „Jeder wie er möchte, aber denkst du gar nicht an die anderen? Zum Beispiel, als du die Agentur geschmiert hast oder jetzt an den Ehemann?" „Jetzt spinnst du aber Ron, ich bin doch nicht die Wohlfahrt. Jeder bekommt das im Leben, wofür er bestimmt ist, so einfach. Ich nehme mir, was ich kann… Ron ich will leben, will was erleben. Den Rest kann und will ich nicht beurteilen. Musst doch jetzt auch nicht sauer auf mich werden. Dir würde ich immer, und das meine ich ernst, dir Ron würde ich immer helfen und versuchen, Schaden von dir abzuhalten. Du warst mein oder besser gesagt, du bist mein einziger wahrer Freund." „Das bin ich?" „Na klar!" Rob gab Ron einen Kuss auf die Stirn, so dass dieser sich das Feuchte wegwischen musste. „Hey, das hebe dir für Loreen auf!" „Genau mein Freund!, Loreen!", rief er gleich wieder. Nachdem Loreen wieder fort war, blickte Ron zum ersten Mal auf die Uhr, und er merkte, wie schnell die Zeit verflogen ist. Draußen war es schon dunkel. „Hast du gar kein Familienfoto?", wollte Rob jetzt wissen. Ron musste nachdenken. ‚Doch, auf seinem Handy‘, fiel ihm ein. „Doch hier, das sind meine drei Frauen. War bei Linda ihrem Geburtstag. Linda ist meine ältere Tochter, Kate die jüngere und das ist meine Frau", schob er das Handy zu Rob. Rob blickte starr auf das Foto. „Na wie gefällt dir meine Anne?" Rob sagte nichts, er gab das Handy stumm zurück. „Tolle Familie mein Freund. Prost!" „Ja das sind sie", kam jetzt auch bei Ron die Wehmut hoch. „Lass uns noch einen

Scheidebecher trinken und die Telefonnummern tauschen", war jetzt Rob in seltsamer Eile. „Es war schön, dich zu treffen Ron." „Geht mir genauso Rob." Rob holte sein Smartphone raus und tippte erst Loreens Nummer ein und schrieb gleich was und dann tippte er die Nummer von Ron ein und rief diesen gleich an. „Jetzt hast du meine Nummer Ron, rufe mich an." Er hob sein Glas und prostete Ron zu. „Kann ich dich nach Hause fahren?" „Du Rob, spinnst doch, hast doch auch getrunken!" „Nein, würde meinen Fahrer anrufen. Wo wohnst Du mein Freund?" War seine Stimme doch schon etwas lallend. „ Lass gut sein, ich laufe.

Habe es nicht weit. Canal-Road 167, das schaffe ich schon noch zu Fuß." Rob bezahlte den Nachmittag und gab ein üppiges Trinkgeld. Beim Rausgehen drückten sich beide noch mal innig. „Und melde dich, ja Ron!" sagte Rob noch mal. „Wir telefonieren", und wackelte mit seiner Hand, an der der kleine Finger und der Daumen wie ein Telefon gestreckt waren, an seinem Ohr. Dann ging Rob Arm in Arm mit Loreen in Richtung seiner Wohnung. Ron lief durch die frische klare Frühlingsluft. Es war komisch, er hatte getrunken, aber er merkte es gar nicht. Tschüss Rob, dachte er, du bist ein Hallodri, aber immer noch mein Freund. Als er um die Ecke bog, stand der Tod schon da. „Na Ron, wie war dein Nachmittag? Ist ja fast schon vorbei der Tag. Gut unterhalten mit deinem alten Spezi Rob?" „Warum fragst du so doof, du hast mich doch dahin gestellt." „Du wirst schon noch die Bedeutung erkennen", sagte der Tod nun geheimnisvoll. „Aber jetzt lass uns noch mal verschwinden." Er tippte Ron nur kurz an, mit seinem knochigen Zeigefinger. Im nächsten Augenblick waren sie im Warteraum der Seelen. Gleich durchfuhr Ron der Kälteschauer. Er legte seinen Kopf in den Nacken und schaute zum ersten Mal nach oben. Da war nichts, es war nur schwarz. „Sind wir unter der Erde oder über der Erde?" „Kann ich dir nicht beantworten, ich weiß es nicht! Es ist die eigene Illusion jedes Einzelnen. Für diese Frage hast du aber auch bald keine Zeit mehr, warum auch. Das ist der Warteraum der Seelen, hier bringst du sie automatisch her. Verteilst die Zugtickets, aber nur virtuell. Lässt sie durch die Tür und den Rest kennst du." Wieder gingen sie durch das Tor, welches keine Klinke oder ähnliches hatte. Der große, unendlich wirkende Bahnhof der Seelen, wurde für Ron jedes Mal faszinierender, diese Weite und das Chaos, welches eigentlich kein Chaos war. Das dunkle Licht, was aber doch so hell erschien.

Darin war alles so geordnet, die verschwimmenden Lichter, welches die Seelen waren, die Gleise die gar nicht vorhanden waren, das alles zog Ron in seinen Bann, er war so fokussiert auf das Treiben. „Wo fahren die sogenannten Züge hin?", wollte er vom Tod wissen. „Das weiß ich nicht. Hier endet mein, und bald dein Reich. Sie sind um null Uhr fort, mehr weiß ich nicht. Dann ist alles wieder auf Anfang. Ron war jetzt etwas enttäuscht, er wollte so etwas wie Hölle oder Himmel hören. "

Und den Mantel, bekomme ich deinen?" „Heute bist du aber neugierig, so ist

das gut…. Nein…, du erhältst deinen eigenen Mantel." Jetzt musste Ron sich
setzten, mehr vor Erschöpfung als vor
Entsetzten. „Was ist mit Dir?", drang die
dunkle Stimme des Todes in Ron sein Ohr.
„Ich habe Angst!...Muss ich Angst haben?" sah er jetzt zum Tod hoch. „Wieso
willst du Angst haben? Hattest du Angst
als wir uns zum ersten Mal begegnet sind,
als du vom Baumstamm gefallen bist?" „Das
war doch…." „Nein, das war deine Entscheidung." Fiel der Tod ihm ins Wort.
„Wir werden jetzt gehen." Und es brauchte
nur eine leichte Berührung und Ron stand
in seiner Wohnung. „Wir sehen uns", gab

der Tod von sich. „ Ja sicher….. wo soll
ich auch hin."

12. Kapitel

Aus dem Schlafzimmer hörte Ron Geräusche, Licht drang durch die Tür, sofort lief er dort hin. „Anne, du bist hier? Was machst Du?", fragte er entsetzt, als er sah, dass sie einen Koffer packte. Überrascht sah Anne ihn an. „Du?..wo..wieso bist du hier Ron?", stammelte Anne." Sie ließ ihre Sachen auf den Koffer fallen und setzte sich auf die Bettkante. Ron sah sie mit aufgerissenen Augen fragend an. „Wo soll ich sonst sein um die Zeit?" „Weiß ich auch nicht, treibst dich doch sonst auch den ganzen Tag und Nacht draußen rum." „Das sagst du, die immer angeblich arbeiten ist." Wortlos blickte Anne jetzt zum Fußboden. „Nun sagst du nichts mehr. Warum packst du den Koffer?", wurde Ron jetzt energischer. „Weil.., merkst du es nicht?" „Was merke ich nicht?" „Zwischen uns…,es ist doch schon lange nicht mehr so wie früher." „Was soll das heißen, ich dachte…", stotterte jetzt Ron. Auch aus Angst die Wahrheit zu erfahren. „Ja, mag sein, irgendwie…ach scheiße, ich wollte es nicht wahrhaben. Aber ich verstehe es trotzdem nicht. Erkläre es mir Anne!", sagte Ron ganz leise und dabei lief ihm eine Träne runter. „Es gibt…," brach Anne ab und musste auch weinen.

„Wie, es gibt? Einen anderen?", wurde Ron jetzt lauter. "Nein! Und schrei mich nicht so an!" „Entschuldigung Anne, aber das ist alles schon merkwürdig. Erkläre es mir doch!" „Ron ich gehe jetzt, wir reden morgen", versuchte Anne das Gespräch zu beenden. „Wie, morgen, es ist schon morgen. Und wo willst du hin?" „Ron, bitte ich werde dir alles erklären, aber jetzt möchte ich gehen." „Wo willst du denn hin? Es ist drei Uhr früh." Ron verstummte, als er auf seine Uhr sah, sein letzter Tag als Mensch ist schon drei Stunden alt. Entsetzt von dieser Tatsache setzte er sich jetzt auch auf die Bettkante. Anne sah ihn jetzt mitleidig an. „Was ist mit dir, warum bist du so blass auf einmal? Aber eigentlich siehst du nicht so gut aus. Warum rasierst du dich nicht mehr und Augenränder hast du. Und warum trägst du jetzt so viele Ringe?" Anne betrachtete ihn jetzt ganz genau und dabei sah sie so wundervoll aus und ihr Parfüm, was er vom ersten Tag an so gemocht hatte, kroch Ron in die Nase. Er nahm ihre Hand. „Was ist nur passiert, Anne? Wir waren doch mal so glücklich." „Lass es sein, Ron. Wir reden heute Nachmittag." „Wirklich?" „Ja, machen wir." „Lässt du den Koffer noch hier? Oder wo willst du damit hin?" „Ich habe um fünf wirklich Frühdienst und ich wollte mit dem Koffer so lange zu Angie." „Und warum?" „Ach Ron, lass uns nachher reden. Und wasch dich mal wieder", drückte sie jetzt Ron seine Hand und gab ihm einen Kuss auf die Stirn. „Anne ich liebe dich!" „Ich weiß." Sie stand auf und drehte sich noch mal kurz zu Ron um. Da war sie wieder, seine Anne. Das freche Blitzen in ihren Augen, dieses Leuchten was ihn immer so verführerisch anstrahlte. Sie winkte noch mal und zog dann die Tür hinter sich zu. Nur ihr Parfüm blieb in der Luft zurück. Ron betrachtete den halb gepackten Koffer, er konnte ihr noch nicht mal böse sein. ‚Ich muss dich ja frei geben', dachte er, ‚mir bleiben doch nur noch knappe zwanzig Stunden. Warum habe ich ihr nichts gesagt, oder sie wenigstens noch einmal gedrückt.' Ron ließ sich nach hinten fallen, er ließ seinen Tränen freien Lauf. Wie viele schöne Nächte haben sie hier verbracht. Ron blickte zu seinem Kissen, was lag da? Auf seinem Kissen lag ein Briefumschlag. Ein Brief von Anne. Mit zittrigen Händen nahm er den Brief und er musste erst daran riechen. Er roch so schön nach Anne. Der Umschlag war nicht zugeklebt. Ron nahm den Brief mit zwei Fingern vorsichtig heraus. Er sah die feine Handschrift von Anne. Ihm fiel nicht ein, ob sie ihm schon mal einen

Brief geschrieben hat. Der Brief machte ihm Angst, Angst vor einer Wahrheit, die er nicht wissen möchte. Nach dem er den Brief eine Weile betrachtet hatte, klappte er diesen auseinander und las ihn.

~ Lieber Ron,

wenn Du diesen Brief liest, bin ich nicht mehr da. Es fällt mir schwer, Dir diesen Brief zu schreiben. Aber ich sehe keinen anderen Ausweg mehr, um Dich zu erreichen. Seit Tagen, quatsch eigentlich seit Monaten leben wir nur noch nebeneinander, Du bist immer mit Deinen Gedanken ganz woanders, bist viel zu oft irgendwo, nur nicht bei mir. Zuerst

wollte ich es nicht wahr haben, dachte
auch es geht vorbei. Aber du hast dich
verändert nach deinem Suizidversuch. Ich
weiß aus Erfahrung, dass psychisch
kranke Menschen Zeit brauchen, diese war
ich auch bereit Dir zu geben. Aber das
war es nicht alleine. Dass Du kein Vertrauen zu mir hattest, mir nichts gesagt
hast, als Du gekündigt wurdest. Ja ich
habe es auch nicht bemerkt, aber das ist
es doch, was mir Sorge gemacht hat. Oder
besser gesagt, daran habe ich gemerkt,
dass bei uns was kaputt gegangen ist. Es
tut mir so leid. Ich bin auch geflüchtet,
vor der Situation mit Dir. Deine Trau-
rigkeit, dass Du die Schuld bei Dir immer

suchst. Du hast nie gejammert, ich weiß, dass Du mich liebst. Das Du für die Mädchen immer alles tun würdest Aber ich kann nicht alles für Dich tun. Auch wenn ich es wollte. Ich glaube mit dem Auszug von Kate, ist auch unsere letzte Gemeinsamkeit ausgezogen. ~

Ron musste den Brief erstmal weglegen. Was hatte Kate gesagt, als er sie letzte Nacht auf dem Polizeirevier traf: sie hat ihr zu Hause angerufen. Er lief zum Telefon, und Tatsache, beim Anrufbeantworter blinkte es. Nochmal die Stimme von Kate hören, dachte Ron. Er drückte auf die Wiedergabetaste: „Piep, hier ist der Anrufbeantworter der Familie Forster, leider sind wir nicht da, aber sie können uns gerne was nach dem Piep Ton auf das Band sprechen. Tschüss. Piep: 01.15 Uhr >Hallo Mama, Papa ich bin hier auf den Polizeirevier, könntet ihr bitte kommen, brauche euch so. Wo seid ihr überhaupt um die Uhrzeit? Kommt bitte tschüss<

 Ron drückte nochmal auf die Wiedergabetaste und hörte es sich noch einmal an. Er blickte auf die Uhr, fast vier. Bei Ron drehte sich alles, er setzte sich einfach neben das Telefon. Soll wirklich alles mit dem Auszug von Kate zu Ende gewesen sein? Wo ist der Brief? Er lief wieder ins Schlafzimmer und setzte sich. ~ letzte Gemeinsamkeit ausgezogen. Unser

Paradies war leer. Hast Du das nicht gemerkt? Nein, wir sind lieber arbeiten gegangen. Unseren Sport konnten wir oder hatten wir auch schon lange nicht mehr gemeinsam gemacht. Als Deine Mutter starb, haben wir noch mal eng zusammen gestanden. Aber Du hast mich nie mehr gefragt: Ob ich Dich liebe! Für Dich war es selbstverständlich. Na klar Du hast immer an alles gedacht, Hochzeitstag, Kennenlerntag, Valentinstag. Aber das war zu viel Routine. Dass wir uns auseinander gelebt haben, wolltest Du nicht sehen. Schon vor Deinem Suizidversuch. Warum hast Du das überhaupt gemacht, du hattest alles. Zwei tolle Töchter, die

Dich über alles lieben und alles für ihren Papa tun würden. So wie Du für sie beide auch. Nein, das hast Du einfach ignoriert. Hast auch nie ein Wort darüber verloren. Bestimmt war das für mich der Tropfen, der das Maß vollmacht. Aus Liebe wurde mehr Mitleid zu Dir. ~ Ron musste tief Luft holen und sich die Tränen aus dem Gesicht wischen. Eine Träne fiel auf den Brief. Er tupfte mit dem Tuch schnell über das Papier. ~ Aus Liebe wurde Mitleid zu Dir~, las er weiter. ~ Und Du kannst mir glauben, es wäre nie so weit gekommen, wie es jetzt gekommen ist. Ich bin zu dem Entschluss gekommen, Dich zu verlassen. So hart wie es für

Dich klingt, aber ich möchte auch noch leben. Ich möchte nicht jedes Mal in Angst sein, wenn Du aus dem Haus gehst, dass Du nicht wiederkommst. Dass ein Polizist an der Tür steht und irgendwie sagt. Du weißt schon was. Diese Kraft habe ich einfach nicht mehr, ich will das auch nicht mehr. Es würde uns auch nicht gut tun, wenn wir von einer Beziehungspause reden. Wie wir es den Mädchen sagen, das ist noch ein Problem. Das werde ich bestimmt übernehmen. Jetzt bist Du sicher enttäuscht. Aber Ron es geht einfach nicht mehr. Ich danke Dir für das, was Du für mich getan hast, was

Du mir gegeben hast. Für die wundervollen Jahre in unserem Paradies, für Deine Flügel mit denen ich die Wolken erklimmen konnte und das Du mich immer wieder aufgefangen hast. Ron, Du bist ein guter Mann, aber leider bin ich nicht gut genug für Dich. Ich wollte Dich nie verletzten, Dir nie wehtun. Aber das tut es bestimmt. Mir tut es selbst weh, aber ich habe bei Dir das Lachen verlernt. ~ Ron musste den Brief erst mal niederlegen. Das hätte er nicht gedacht, leer und traurig sah er auf das Foto, was auf seinem Nachtisch stand. So sehr war er mit sich selbst beschäftigt und hat ganz vergessen zu leben. Vor allem zu lieben, seine Anne zu lieben. Auf dem Foto, was er nun in der Hand hielt, strahlt seine Anne über das ganze Gesicht. Die Mädchen noch klein, wie alt waren sie da? Ron musste nachdenken, es fiel ihm schwer. So wie in der ganzen letzten Woche schon, es ist, als wäre die Vergangenheit fast vergessen. Genau, Linda war vierzehn und Kate zwölf Jahre alt. Es war ein toller Tag, ein Sommertag im Zoo. Linda wollte erst gar nicht mehr aus dem Haus gehen, denn sie hatte doch gerade erst eine Zahnspange erhalten. Aber Kate hatte immer wieder auf sie eingeredet. „Lyni, das ist doch nicht schlimm. Du bist doch immer noch die Gleiche. Los, Lyni, ohne dich ist das Kleeblatt nicht perfekt. Und sollte irgendeiner etwas sagen, den hau ich auf die Nase, das mach ich Lyni." „Na, gehauen wird schon mal keiner", musste Anne den Beschützerinstinkt von Kate etwas eindämmen. „Paps, sag du mal was", empörte sich Kate, „wir müssen uns doch gegenseitig beschützen." „Ja, aber ohne Gewalt. Da hat deine Mutter Recht." „Mit Diplomatie und Geist stimmst?" „Genauso Linda, nur so werden Konflikte gelöst", streichelte Anne ihren Kopf. „Ach, das ist doch langweilig, stimmt's, Paps", war Kate immer noch nicht richtig überzeugt und schaute fragend zu ihrem Vater. „Und wenn er zuerst haut? Ich meine der Andere", gab Kate noch immer keine Ruhe. „Dann musst du kleine Maus ganz schnell reagieren und dich nicht treffen lassen", sagte Ron und hob Kate in die Luft und kitzelte sie dabei ab. „Nun seid ihr ganz schön abgekommen von Linda ihrer Zahnspange, ihr Schlawiner",. fand Anne. „Nö, Lyni, weiß doch, dass sie vor dummen Sprüchen keine Angst haben muss. Sie hat doch mich." „Ja kleine Schwester, nun geht es mir gleich besser." „Siehst Du Linda, nun ab in den Zoo zu den Giraffen", drückte Ron jetzt seine Linda und gab ihr einen dicken Kuss. „Ihr habt euren Vater im Griff."

„Ach Mama", riefen beide Mädchen gleichzeitig und fielen Anne um den Hals. „Komm Paps Gruppenknuddeln!", machte Kate die Arme auf. „Los das Forster Kleeblatt!", zog ihn Linda an sich ran. Ron legte das Foto wieder auf den Nachtisch und wischte sich die Tränen ab. Ich habe es versaut dachte er. Wieso habe ich das bloß gemacht, warum nur. Er nahm wieder den Brief in die Hand und suchte mit verweinten Augen die letzten Zeilen, wo er aufgehört hatte. ~ … bei Dir das Lachen verlernt. Ich hatte immer gehofft es wird nie so kommen. Sollte doch unsere Liebe ewig dauern, jedenfalls bis ins hohe Alter. Es ist nicht so Ron, ich mag Dich, habe Dich bestimmt gerne. Du bist der Vater unserer Mädchen, aber und das ist für mich das Entscheidende: Ich liebe Dich nicht mehr. Ich weiß, das tut weh. Mir auch. Aber lass uns lieber diesen Schritt gehen, ich möchte diesen Schritt gehen. Wollte Dich eigentlich auch nie betrügen. Ich weiß, Du würdest das auch nie tun, dafür schäme ich mich auch. Aber der andere Mann kam einfach, es hat wieder gekribbelt, dieses Gefühl kannte ich gar nicht mehr. In mir ist gleich was explodiert, was zwischen uns schon lange begraben war. Bei diesem Mann empfinde ich Lebensfreude, so unbeschwerte Liebe und mit ihm kann ich wieder Lachen. Es tut mir so leid, ich weiß auch nicht, was ich sonst schreiben sollte Ron. Außer: danke für die schöne Zeit, mit den vielen glücklichen Jahren. Verzeih mir irgendwann. Versuche aber nicht mich umzustimmen, es gibt kein Zurück. Ich verlasse Dich, ob wir dann beim Wiedersehen streiten liegt an Dir. Verzeih mir Ron. Anne ~

Ron ließ den Brief sinken. „Hm, hm, hm," zu mehr war er nicht in der Lage. Das war es nun mit meiner Anne, dachte er. Wer wird der andere Mann sein? Eigentlich bin ich dir nicht böse Anne, aber… Ron konnte nicht denken, alles war nur leer. Das war es, dachte er. Derek ist tot, sein Sohn Dylan auch überfahren und nun hat er auch noch Anne verloren. Was kann schon noch passieren was schlimmer ist? Warum bin ich nicht schon vor einem Jahr gestorben? „Sag, warum bin ich nicht schon vor einem Jahr gestorben? Warum hast du mich nicht sterben lassen? Wo bist du?", schrie Ron jetzt. „Wo bist du NICOLAS? Du verdammter Tod!" Ron fiel auf die Knie und weinte. Nach einer Weile sah Ron auf die Uhr, sechs Uhr dreißig. Er nahm den Brief von Anne und steckte diesen ein. Ron blickte sich noch einmal in der Wohnung um, hier war sein größtes Glück, aber es war so verlassen, nur voller Erinnerungen. Er nahm sich ein neues

Hemd und dachte dabei, ob du das Hemd bist was keine Taschen hat? Jetzt musste er über sich selbst schmunzeln, so weit ist es schon gekommen dachte er. „Tschüss Paradies!", waren seine letzten Worte, dann zog er die Tür der Wohnung zu und ging. Draußen war es schon hell und eigentlich zu früh für eine Bar. „Morgen, Jim", sagte Ron, als er in Jim seinen Bierkessel ging. „Gut, dass du schon so früh öffnest." Jim sah ihn verdutzt an. Noch nie war Ron am frühen Morgen, und schon gar nicht um die Uhrzeit zu ihm in den Bierkessel gekommen. Wenn er kam, dann immer nach Feierabend zu einem Drink oder mal mit seiner Frau Anne. Aber nie alleine und so früh. „Was führt dich hier her Ron? Vor allem um diese Zeit?" „Jim, nicht lange fragen, sondern bring mir was zu trinken. Was hochprozentiges."

13. Kapitel - 6.Tag

Ron saß immer noch auf dem Bordstein. Langsam bekam er wieder Luft. Er beobachtete die Autos, die vorbei fuhren, sah auf der anderen Straßenseite die Fußgänger zügig und hektisch hin und her laufen. „Geht es dir gut, Onkel?", tippte ihn ein kleines Mädchen auf die Schulter. Ron sah überrascht in kleine blaue Kinderaugen. „Sally komm, lass den Onkel", versuchte die Mutter das Mädchen von Ron wegzuziehen. Ron sah sie traurig an. „Danke kleine Sally, es ist alles gut. Musste mich nur ausruhen." „Siehst du Mama, der Onkel war nur müde." „Ja, nun komm!", wurde sie von ihrer Mutter an der Hand gezogen.

„Steh auf Ron!", das war jetzt wieder die Stimme vom Tod. „Du? Wo warst du heute den ganzen Tag? ….Ach ist auch egal." „Lass uns ein paar Schritte gehen", meinte der Tod. Ron aber sah noch dem kleinen Mädchen hinterher, wie es neben seiner Mutter an der Hand hüpfte. „Ron!", sagte der Tod jetzt eindringlicher, „wir werden einen Spaziergang machen. Steh jetzt auf." Noch immer saß Ron auf dem Bordstein und sah jetzt zum Tod hinauf. „Wohin denn?" „Das wirst du schon sehen, stehe jetzt auf!" Ganz langsam erhob sich Ron. Mürrisch sah er sich um. „Ja, die Leute sehen dich noch. Ich muss dich erst berühren", gab der Tod ungefragt von sich. „Ja musst Du? Ich kann aber auch so laufen oder nicht?" Der Tod machte eine kurze Handbewegung, aber er berührte Ron dabei nicht. „Komm, lauf!", sagte er. Ron trottete neben dem Tod her. „Aber wenn ich dir antworte und die Leute sehen keinen neben mir…." Der Tod musste lachen. „Du denkst, sie würden denken, du bist, wie sagt ihr immer, ach so, bekloppt." „Genau das denken die über mich." „Und was wäre so schlimm daran Ron? Die können doch denken was sie wollen über dich. Oder?", blickte er jetzt auf Ron. „Was ich lieber von dir wissen möchte ist, warum hast du heute deinen letzten Tag nicht besser verbringen können, als in Jims Bierkessel?" Ron blieb jetzt stehen.   „Du... Du stellst mir solche Frage? Wegen Dir bin ich doch in diesem Dilemma", schrie er den Tod an. „Lässt mich meinen bester Freund umbringen, seinen Sohn überfahren und du fragst mich, warum ich trinke? Spinnst du?" „Ron, nicht so laut, die Leute." „Scheiß doch auf die Leute, was gehen die mich an", schüttelte Ron den Kopf. „Ich will das nicht, lass mich doch hier. Suche dir doch einen anderen, da muss doch noch irgendwo einer sein. Oder mach du doch nochmal hundert Jahre. Lass mich doch hier!", fiel Ron jetzt auf die Knie vor dem Tod. „Ich will nicht dein Erbe antreten, ich möchte leben!" „Das hättest du dir früher überlegen müssen. Und wir sind hier nicht bei Scrooge." Der Tod fing laut an zu lachen. „Für dich gibt es kein happy end, nur die neue Aufgabe, und zwar für hundert Jahre als der Tod zu fungieren." Ron sah ihn mit verweinten Augen an. "Wusste gar nicht, dass du Humor hast." „Humor? Ron sei doch mal ehrlich zu dir selbst. Was willst du noch auf der Erde? Du hattest schon das eine Jahr mehr, obwohl du sterben wolltest. So viel bekommt nicht jeder. Hast du auch nur einmal an die Anderen gedacht? Nein, nur an dich. Dir wurde mal eine Niere geschenkt, ein zweites Leben. Jetzt ist dafür dein Freund Derek tot. Wegen Dir oder? Hätte er dir nicht die Niere gegeben, würde er jetzt noch leben. Wäre bestimmt ein guter Footballspieler geworden, was sein Traum war. Hätte eine Frau die ihn liebt und einen Sohn der noch leben würde. Weil deine Tochter wäre nie geboren und demzufolge hätte Dylan sie nie getroffen und sich mit ihr gestritten. Du kannst es drehen wie du möchtest, Du bist so vom Sterben und Tod umgeben. Es ist eine Fügung, bei der du jeden einzelnen Stein des Weges selbst gelegt hast. Du kannst dich nicht dagegen wehren." Staunend und hilflos sah Ron jetzt zum Tod. „Das hast du mir jetzt aber gut um die Ohren gehauen." er ging nun eine Weile schweigend neben dem Tod her. „Wohin gehen wir eigentlich?" „Nur Geduld Ron." Ron folgte dem Tod, sie gingen zu dem Fluss, wo Ron sich das Leben nehmen wollte. Nichts erinnerte mehr an den Vorfall. Der Fluss trieb langsam in seinem Flussbett, das Ufer war mit gelben Blumen bepflanzt und Vögel nisteten in den Sträuchern, die nah am Ufer wuchsen. Der Frühling eroberte sich sein Revier. Selbst der umgefallene Baum war schon lange von den Stadtforstarbeitern entfernt worden. Der ganze Ort wirkte ruhig und friedlich. Ron blieb stehen. „Es ist schön hier oder was meinst du Ron?" „Weiß nicht, ich war hier seit einem Jahr nicht mehr." Dachte Ron laut. „Was sollte ich auch hier?", sah er nun doch den Tod an. „Du hättest Demut zeigen können. Meinetwegen auch ehrliche Dankbarkeit. Aber nein, du hattest noch nicht mal Reue. Hast deine zwei Lebensretter so schnell abserviert." „Das stimmt doch gar nicht!", empörte sich jetzt Ron. „Ach nein? Wie waren noch mal ihre Namen?" „Ist doch egal wie ihre Namen waren! Warum müssen die bei solchen

Wetter auch hier rumturnen. Hätten mich doch einfach ertrinken lassen sollen. Und dann soll ich mich dafür noch bedanken. Ist doch paranoid." Ron war jetzt erregt. „Siehst du Ron und deswegen sind wir hier. Du hast immer noch nicht verstanden, was es heißt sich für jemanden anderes bedingungslos einzusetzen", sah der Tod ihn jetzt grimmig an. „Sage jetzt nichts! Ich weiß was du sagen willst. Für deine Mädchen würdest du alles tun und bestimmt auch für deine Frau oder?" Ron wollte widersprechen, aber irgendwie merkte er, dass der Tod das schon wusste. Ron musste sich setzen, sein leerer Blick

suchte nach etwas Halt, nach etwas Le-
bendigem. „Was ist Ron, du sagst kein
Wort dazu? Sind dir schon die Namen eingefallen?" „Du nervst mich. Ich weiß, wie
die heißen." Ron versuchte sich zu erinnern, aber es war, als würde er im Nebel
fischen. Die Namen waren nicht da, er
konnte sich noch nicht mal erinnern wie
sie aussahen. „Was spielt es schon für
eine Rolle wie die heißen, ist doch egal,
wen interessiert das denn", gab er jetzt
trotzig als Antwort. „So bist du, schön
oberflächlich und gleichgültig. Weißt
noch nicht mal wie deine Lebensretter
heißen." „Sei doch ruhig, Lebensretter.
So ein Quatsch!" „Na dann ist doch alles

gut, dann bist du bereit für deine Mission zum Tod!", ging der Tod einen Schritt auf Ron zu. „Nein, halt, noch nicht!", hob Ron beide Arme als Schutz vor den Kopf. Der Tod fing an zu lachen, so düster, dass es Ron erschauderte. „Keine Angst Ron, es ist noch nicht so weit. Du hast noch etwas Zeit. Es wartete auch noch deine letzte Entscheidung auf dich, dein dritter Toter!" Das hatte Ron schon fast verdrängt. Mit einem gequälten Gesichtsausdruck sah er nun zum Tod hinauf. Seine ängstlichen Augen blickten auf die schwarze Gestalt des Todes. Es lief Ron ein Schauer über den Rücken, bei dem Gedanken, dass er ab morgen dieses Wesen sein sollte. Aber war es überhaupt ein Wesen? „Was bist du eigentlich?" „Das weißt du doch Ron. Ich bin der Tod." „Der Tod. Und was noch?" Der Tod neigte seinen Kopf etwas, fast sah es so aus, als müsste er überlegen. „Was soll diese Fragerei? Es gibt nichts weiter, ich stehe am Ende des Lebens. Du wirst alle Antworten auf deine Fragen selber finden. Nur eins darfst du nicht vergessen. Hörst du?", wurde jetzt die Stimme des Todes wieder lauter und kräftiger. „Vergesse nie deinen richtigen Namen, hörst du! Sonst kannst du nie deinen Nachfolger finden und wirst für ewig der Tod bleiben. Hast du das verstanden, Ron?" Fast unscheinbar nickte Ron. „Das ist doch alles…", winkte er mit der Hand ab. Verzweifelt suchte er nach Worten, aber Ron fiel nichts ein. „Nicolas ist mein Name, mehr weiß ich nicht mehr. Ich kann dir nicht sagen wo ich her kam und warum ich der Tod wurde. Ich weiß auch nicht wo ich hingehe. Nur eins weiß ich, ich werde meine Ruhe finden." Der Tod drehte sich nun zum Fluss und sah auf die ruhige Strömung. „Pass auf Ron, die Namen deiner Lebensretter waren Steve und Jane und deine letzte Aufgabe besteht darin." Er drehte sich jetzt wieder zu

Ron um, um diesem dabei genau in die Augen zu sehen. „Deine letzte Aufgabe ist es, Rob oder Anne sterben zu lassen." Erschrocken sah Ron ihn mit offenem Mund an. „Was hast du Bastard gesagt? Anne oder Rob? Das geht nicht, da mache ich nicht mit. Was soll diese Scheiße?" Ron saß da und schüttelte ungläubig den Kopf. „Das geht nicht, auf gar keinen Fall. Denke dir etwas anderes aus. Das mache ich nicht!" Der Tod zog die Schultern hoch, jedenfalls wirkte es so. „Na gut Ron es ist deine Entscheidung.. Es gibt keine Diskussion, einer von den Beiden stirbt. Entweder du bestimmst oder ich mache es selber." Sah der Tod nun Ron fragend an. Ron grub seinen Kopf in seine Hände und bewegte immer wieder den Kopf hin und her. „Ich will das nicht!" schrie er dann. „Du musst antworten Ron. Endscheide dich. Jetzt!" Mit Tränen in den Augen sah Ron in den Himmel. „Verzeihe mir, verzeihe mir, das habe ich nicht gewollt. Ich will das nicht! Aber Anne ist doch meine Frau und die Mutter meiner Kinder. Ich kann ihnen doch nicht auch noch die Mutter nehmen. Und Rob ist ein guter Freund, gestern saßen wir erst und haben uns wiedergefunden. Verzeih mir,…….ich kann nicht Anne nehmen, das geht nicht. Nein nicht Anne!" „Es geht doch Ron, wir sehen uns. Mein so geliebter Nachfolger." Lachte der Tod und war verschwunden. Ron fiel auf die Knie und schlug mit den Fäusten auf den Boden. „Was habe ich getan!", schrie er. „Nein das darf nicht wahr sein, nicht auch noch Rob du Scheusal. Nein, das darf nicht passieren. Nicht auch noch Rob!" Ron griff sich an die Hemdtasche, dann tastete er seine Hosen ab. Wo war sein Handy? „Los Ron denke nach!" sprach er laut zu sich. Dann schlug er sich mit der flachen Hand gegen die Stirn. „Ich Idiot habe es in Jims Bierkessel liegen lassen." So schnell er konnte lief Ron jetzt den weiten Weg, den er mit dem Tod gelaufen war, zurück. Als er auf die Uhr sah, war es schon fast 19.00 Uhr. Er lief noch schneller, aber seine Lungen brannten und seine Waden schmerzten so bei jedem Schritt. Er konnte nicht mehr schneller und bevor er sich versah, stolperte er über einen kleinen Absatz auf dem Gehweg. Ron konnte sich nicht mehr abfangen, er stürzte im vollen Lauf auf seine Knie. Seine rechte Hand rutsche über das Steinsandgemisch, das sich die Steine wie kleine Nadelspitzen in seine Haut bohrten. Die Hose riss auf beiden Knien auf und ein höllischer Schmerz lies Ron aufschreien. Er rollte sich zur Seite

ab und blieb erstmal auf dem Rücken liegen. Die rechte Hand blutete und das
linke Knie pochte vor Schmerz.
„Scheiße!", schrie Ron, „so ein Dreck.
Mist alles!" Mühsam rappelte er sich wieder auf, alles an ihm tat weh. Er sah
sich um, keiner hatte es gesehen.

18.00 Uhr - Eine Stunde früher

Rob hielt mit seinem Camaro Chevrolet vor dem Haus in dem Ron wohnt. Er bremste und fuhr scharf mit seinem rechten Rad auf die Bordsteinkante. Zögernd öffnete er seine Autotür. Sein Blick ging nach oben bis zur letzten Etage, wo er auf der Dachterrasse das Grün von Pflanzen sah. In der Hand hielt Rob einen Umschlag. Er stand vor der Haustür und suchte nach einem Namen, nach den Namen von Ron. Hast wohl doch nicht gemogelt mein Freund, dachte Rob und klingelte bei Forster. Keine Reaktion. Er drückte noch mal auf den Klingelknopf, diesmal viel länger und energischer. Aber wieder kam keine Reaktion aus der Gegensprechanlage. Stecke ich den Umschlag halt nur in den Postkasten dachte er, aber auf einmal ging die Haustür auf und jemand trat heraus. Schnell stellte Rob seinen Fuß dazwischen, kurz drehte er sich noch mal um, ob ihn auch keiner beobachtete. Dann lief er schnell die Treppen hinauf, bis zur letzten Etage. Vor Ron seiner Wohnung blieb er stehen. Atem holend lauschte er, ob was aus der Wohnung zu hören war. An der Tür war ein Namensschild in Form eines vierblättrigen Kleeblattes angebracht. Forster stand groß in der Mitte und in jedem Blatt ein

Name. Linda und Kate, so heißen deine Mädchen Ron. Respekt mein Freund. Auf einem Blatt stand dann Ron seine Name und auf dem letzten Blatt konnte er A n n e, lesen. Rob zog den Namen in Gedanken beim lesen lang. Er lauschte noch mal an der Tür, es war still. Rob sah noch mal auf den Umschlag, dann steckte er diesen schnell durch den Türspalt. Er drehte sich um und lief so schnell er konnte die Treppe hinunter. Beim heraus treten aus der Haustür öffnete er schon beim laufen sein Auto. Schnell setzte er sich hinter das Lenkrad in seinen Camaro und ließ seinen V 8 Motor mit 453 PS aufheu-

len. Mit Vollgas fuhr er mit quietschenden Reifen rückwärts die Bordsteinkante
runter. Er setzte noch mal hart mit dem
rechten Vorderrad auf. Schnell reihte
sich Rob in den fließenden Verkehr ein
und fuhr zügig stadtauswärts.

14. Kapitel - Letzte Stunden

Ron sein Knie schmerzte so, dass er in Jims Bierkessel stolperte. „Was ist los, Ron. Wie siehst du denn aus? Hast du einen Unfall gehabt?", blickte Jim ihn fragend an. „Nein lass mich, ich muss…., ich brauche mein Handy." Ron konnte es auf dem Tisch nicht entdecken. „Wo ist mein Handy? Wo ist es?", schrie er „Nun schrei hier nicht so rum. Leni hat es an sich genommen", versuchte Jim jetzt Ron zu beruhigen. „Leni, gib es ihm wieder. Und auch seine Geldbörse." Nervös lief Ron zum Tresen. „Nun mach schon!", war Ron aufgeregt und konnte seine Ungeduld nicht verbergen. „Ron nun hör auf. Tust ja gerade so, als gehe es um Leben oder Tod!" Mit traurigen Augen blickte Ron jetzt zu Jim. „Du hast doch keine Ahnung", holte er jetzt tief Luft. „Gib jetzt mein Handy her!" „Deine Manieren waren auch schon besser", reichte Leni ihm das Handy. Schnell suchte Ron im Display die Nummer von Rob. Mit zittrigen Fingern drückte er auf wählen. Gespannt lauschte er, ein Knacken und „ Hallo Rob!" wollte Ron gerade beginnen, als er nur diese Ansage hörte: - Der Teilnehmer ist gerade nicht erreichbar, Sie können nach dem Ton eine Nachricht hinterlassen- „Scheiße", ließ Ron seine Hand vom

Ohr sinken. Traurig betrachtete er sein Handy. Vier Anrufe in Abwesenheit und eine SMS stand im Display. Das gibt es doch alles nicht, was soll ich nur machen? Ron konnte das alles nicht fassen. „Ich muss doch Rob retten!", dachte er nun laut. Er sah wieder auf sein Handydisplay. Der erste Anruf kam um 16.47 Uhr von Rob. „Nein das gibt es doch nicht! So ein Mist!", schlug Ron mit der Faust auf den Tisch. „Na na na mein Freund, lass mal den Tisch ganz", stand jetzt Jim neben ihm. „Was ist denn mit dir heute los? Den ganzen Tag bist du schon so komisch, seit dem du heute Morgen durch die Tür kamst." Ron starrte ihn an und dann ging sein Blick auf den Fernsehbildschirm an der Wand. „Mach mal das da lauter!" rief er und machte einen langen Hals. Leni nahm die Fernbedienung und die Lautstärke breitete sich in der Bar aus. - …kam aus unbekannten Gründen von der Fahrbahn ab. Der Camaro Chevrolet fing sofort Feuer. Die Rettungsdienste konnten den Fahrer nur noch tot bergen. Die Identität des Fahrers konnte zum jetzigen Zeitpunkt noch nicht ermittelt werden. …. Nun weitere Meldungen aus der Region.- „Kennst du den?", legte Jim seine Hand auf Rons Schulter. Erschrocken zuckte Ron zusammen und drehte sich um. „Weiß nicht, ...kann sein", stotterte Ron. „Glaube nicht!", schüttelte er die Hand von seiner Schulter. „Ist schon gut, wollte dir nicht zu nah treten. Mache mir Sorgen um dich alter Knabe." „Tja alter Knabe, dass sagt der Richtige. Du hast doch noch weniger Haare als ich und schau mal was deine Lederschürze für einen Umfang ausfüllen muss…..aber danke Jim, du kannst mir nicht helfen. Außer, Du bringst mir eine Flasche Whisky." „Bist ja alt genug", ging Jim wieder zum Tresen. „Kann ich den Fernseher wieder drosseln?", sah er sich noch mal zu Ron um. Ron nickte nur. Er wählte schon wieder die Nummer von

Rob. Geh ran dachte er, aber es ging wieder nur die Mailbox an. „So ein Scheißdreck!", fluchte er nun laut. Das kann doch nicht wahr sein, das gibt es doch alles nicht. Verzweifelt versuchte er zu überlegen, ob Rob was von einem Auto gesagt hat. „Hier, deine Flasche", beugte sich Jim über den Tisch. Ron hielt immer noch sein Handy in der Hand. Jetzt erst sah Ron, dass er einen neuen Ring an der Hand hat. Sofort betrachtete er die andere Hand. Auch dort hatte er einen neuen Ring. Tränen liefen ihm aus den Augen. Stumm goss er sich einen Whisky ein. Immer noch stand Jim am Tisch. „Ron, was ist los? Soll ich irgendwo anrufen für dich Brauchst du einen Arzt?" Ron nahm sein Glas und leerte es in einem Zug. „Hm, du und mir helfen. Mir kann keiner helfen Jim. Es ist zu spät!" Jim sah ihn ratlos an „Wie, zu spät? Ist doch erst acht durch." „So spät schon?" Ron blickte auf seine Uhr im Handydisplay. Tatsache, die Uhr lief unaufhaltsam und Rob war bestimmt der verunglückte Auto-fahrer. Wenn die neuen Ringe an seinen Händen das bedeuten sollen. Immer noch blinkten die entgangenen Anrufe und die ungelesene SMS im Display. Der zweite und dritte entgangene Anruf war von Rob, um fünf und zwei Minuten später. „Warum?", schrie er laut. „Warum musste ich mein blödes Handy hier liegen lassen?" Die Tränen brannten ihn in den Augen. „Rob, das wollte ich nicht!" „Wer ist Rob? Und was wolltest du nicht?", war Jim neugierig. „Das geht dich nichts an, lass mich!" Ron schob den Stuhl nach hinten und machte sich auf den Weg zur Toilette. Kopfschüttelnd blickte Jim ihn hinterher. Der Geruch von Desinfektionsmittel, Raumspray und Urin schlug Ron auf der Toilette entgegen. Schnell schloss er die Tür hinter sich. An die Wand gelehnt rutschte er auf den Fußboden runter und blieb dort mit ausgestreckten Beinen sitzen. Es war komisch, sein Knie schmerzte gar nicht mehr. Alles war so unrealistisch. Mit seinem Hemdsärmel wischte er sich über das Gesicht. Gleich fiel ihm Kate ein, als sie seine Jacke dafür genommen hat. Es tut mir alles so leid, dachte Ron. „Es ist zu spät für Selbstmitleid Ron", hallte dunkel die Stimme vom Tod. „Du hast deine Aufgaben alle erfüllt. Drei Tote, Dylan, Derek und wie du schon gut erraten hast, Rob. Er war der Autofahrer. Selbst von dir be-stimmt." Der Tod schritt jetzt auf Ron zu und sah auf ihn herab. „Glaube mir, du wirst das alles nachher nicht mehr wissen. Jetzt ist es für dich kein Trost, aber als Tod bringst du auch keinen Trost, sondern Schmerz oder Erlösung. Du nimmst ohne zu fragen." Ron blickte nach oben, sah die dunkle Gestalt mit ihren schwarzen Augen. „Wie passiert es? Werde ich Schmerzen haben, wenn ich zum Tod werde?" „Ron, ich kann es dir nicht sagen, wie du zum Tod wirst, nur wann. Das weißt du aber auch schon. Du kommst und ich gehe…Schmerz wirst du keinen empfinden. Das schlimmste liegt schon hinter dir." „Was soll ich noch die letzten fast drei Stunden tun? Kannst du mich nicht erlösen?", saß nun Ron auf Knien vor dem Tod. „Das geht nicht Ron, du gehörst mir nicht. Du stehst nicht auf einer der Listen. Wir werden uns auch nicht mehr begegnen. Nutze die letzte Zeit als Mensch.

Und merke dir deinen Namen, vergesse das nie." Der Tod war verschwunden. Die Tür ging auf, Jim sein Kopf erschien im Türspalt. Mit neugierigem Blick suchte er Ron. Er stieß die Türe auf und lief sofort zu Ron. Dieser saß immer noch auf seinen Knien. „Ron, geht es dir gut?", packte Jim jetzt Ron am Arm, um ihn hochzuziehen. „Lass das, mir geht es gut. Lass los!", versuchte sich Ron aus dem Griff zu lösen. Aber Jim zog ihn solange, bis Ron wieder auf seinen Beinen stand. „Ich weiß nicht was mit dir ist. Aber schau dich doch mal an. So kenne ich dich gar nicht. Geh doch nach Hause!" „Nach Hause!", musste Ron jetzt lachen. „Ich habe kein zu Hause mehr. Alles pfutsch, alles vorbei!" „Ron, du bist betrunken und erzählst nur Quatsch. Geh nach Hause und schlaf dich aus, mein Freund. Morgen sieht die Welt wieder anders aus." „Nein, ich bin nicht betrunken, nun lass mich mein Geschäft machen. Geh du mal und sag Leni, dass die noch mal nachschenken soll." Jim schüttelte nur mit dem Kopf. „Wie du meinst", und machte die Tür von draußen zu. Nach einer Weile setzte sich Ron wieder an seinen Tisch. Mit einem Zug trank er sein Glas aus. Dann nahm er sein Handy. Dort waren immer noch der letzte entgangene Anruf und die SMS. Der

Anruf war von..., Ron blickte fassungslos auf die Nummer. Anne hatte angerufen, 17.32 Uhr stand da. Jetzt ist es wie spät? Kurz nach halb zehn, zeigt das Display. Nervös drückt Ron die Wahlwiederholung. Sein Herz rast vor Aufregung. Dann: „Hallo Anne?" „Haalllo Roon." „Hast du getrunken Anne? Du trinkst doch nicht. Du magst doch gar keinen Alkohol." „Woo bist duu?" „Ich bin in Jims Bierkessel. Anne hörst du mich? Anne…." Tut, tut, tut, Ron drückte noch mal die Wahlwiederholung und lauschte. Freizeichen, aber keiner der abnahm, keine Anne. Schwer holte Ron Luft. Was das nun wieder sein sollte?, dachte er. Hat sie sich wegen mir betrunken? Ron goss sich noch mal sein Glas voll. Dabei öffnete er die SMS im Handy. Die SMS war von Kate, ~ Hey Paps, habe versucht zu Hause anzurufen, aber wie immer in letzter Zeit, keiner da. Wo seid ihr immer? Na gut, komme morgen gegen zwei. Habe eine Überraschung. Bis dann! Bussy! Ket ~ Mein Mädchen, pass immer gut auf dich auf. Er saß da und lauschte gedankenverloren der Musik. „Mach mal lauter, Leni." „Wie, das magst du?" Mit der Fernbedienung regelte sie die Lautstärke höher. Ed Sheeran mit Photograph war jetzt für Ron gut zu hören. Sofort musste er sich die Tränen aus dem Gesicht wischen. Ungeduldig musste er wieder auf sein Handydisplay schauen. Viertel nach zehn. Ruft Anne noch mal an? Soll ich hier warten bis null Uhr, bis es soweit ist? . Das ist doch alles verrückt! Er wollte sich gerade sein Glas neu voll machen, als die Eingangstür aufging. Lisa stand auf einmal in der Bar. Sie ging zum Tresen und fragte irgendwas. Leni zeigte in Ron seine Richtung. Lisa trat an Ron seinen Tisch. Sie sah erschöpft aus, dunkle Augenringe, ein blasses Gesicht und ohne jede Schminke stand sie vor ihm. „Du bist aber schwer zu finden", sagte sie vorgebeugt. Ron konnte ihren Atem riechen, ein Gemisch aus Nikotin und Alkohol schlug ihm entgegen. „Hallo Lisa, willst du dich setzten? Nimm doch Platz!" „So viel Zeit habe ich nicht!" „Ich auch nicht", hätte Ron fast losgelacht. „Aber setzt dich doch kurz. Willst du was trinken?" „Na gut, ein Glas kann nicht schaden", setzte sie sich. Ron hob die Hand in Richtung Jim. „Noch ein Glas." „Quatsch, ich nehme dein Glas." Und bevor Ron auch was erwidern konnte, füllte Lisa schon sein Glas und trank es auch gleich wieder aus. Sie wischte mit der Hand über den Mund. Dann legte sie etwas auf den Tisch. Ron sah genauer hin. Es war ein dunkles Tuch und darin war etwas eingewickelt. „Hier, ist für dich. Derek ist eingeschlafen. Irgendwie war es seltsam. Als hätte jemand nachgeholfen. Es konnte aber nichts festgestellt werden." Tränen liefen über ihre Wangen. „Nun kann ich gleich beide beerdigen. Weißt du wie das ist? Nein, du weißt das nicht, woher auch. Sitzt hier und trinkst dein Whisky, mit Derek seine Niere. Du solltest dich in Grund und Boden schämen. Dylan hatte so Recht, du bist ein…." „Was bin ich?" „Nichts. Nimm, das ist für Dich. Es lag bei Derek seinen Sachen." Sie rollte das Tuch aus, da lag er. Der Operationsnagel aus Ron seinem Bein, vom Trip in die Berge. „Derek hat ihn vergolden lassen, so hat er daran gehangen. Und an Dir." Lisa stand jetzt auf. „Es wäre schön, wenn du zur Beerdigung kommst, kannst dann ein paar Worte sagen, nächsten Freitag." „Ich soll…", fing Ron an zu stottern. „Da hast du meine Telefonnummer", legte sie ihm noch eine Visitenkarte auf den Tisch. Sie goss sich noch mal das Glas voll und leerte es in einem Zug. „Tschüss", stellte sie das Glas ab und verließ die Bar wieder. Ron sah ihr hinterher. Nachdenklich nahm er den Nagel.

Es war ein Jahr nach dem Trip in den Bergen. Ron wurde im Krankenhaus der Nagel entfernt. „Was sollen wir damit machen, Herr Forster?", fragte der operierende Arzt. „Egal, brauche ich nicht", antwortete Ron. „Doch! Halt!, ich möchte ihn mit nach Hause nehmen, geht das?" „Na klar, gut geputzt und desinfiziert, ist es ihrer nach der OP." „Toll, danke!" Ron klingelte an der Haustür bei Köby. Es war ein zweistöckiges Mehrfamilienhaus, die Farbe an der Tür blätterte schon ab. Ron musste überlegen, ob er schon mal hier war. Er konnte sich nicht erinnern. Die Tür ging auf, ein Mädchen mit kurzen braunen Haaren stand ihm gegenüber. „Was willst du, wir kaufen nichts!", wollte sie die Tür schon wieder zuschlagen. Ron stellt den Fuß in die Tür. „Nicht so schnell, ich will zu Derek. Ron,…Ron ist mein Name. Ron Forster." „Fetti hier ist einer für dich. Ein Ron!", brüllte sie jetzt ins Haus. Dann verschwand sie und Ron sah auf den offenen Türspalt bis dahinter Derek erschien. „Hey Ron'i-Boy was willst du hier?" „Hey Dicka, lange nicht gesehen. Dachte, da ich gerade in der Stadt bin, besuche ich dich mal." Sie drückten sich. „Ist cool von dir, aber ich habe jetzt echt keine Zeit Ron. Muss bald wieder zur Schicht ins Schlachthaus und Training ist auch noch", war die Situation für Derek etwas unangenehm. „Ja verstehe ich. Wollte dir eigentlich nur was geben und auch nicht lange stören", merkte Ron schnell an. „Ist schon gut, geht schon." Ron zog aus der Jackentasche seinen Operationsnagel. „Hier, wie versprochen der zehn Zentimeter große Nagel. Noch ganz frisch." „Echt wirklich. Du hast daran gedacht. Das ist genial und der ist ja wirklich so lang. Hast gar nicht geflunkert." Dereks Augen leuchteten vor Glück und Freude. „Du bist der Beste!" Derek drückte Ron an seine Brust. – „Warum ist die Tür so lange auf! Derek, komm jetzt rein! Denke an mein Rheuma!" – „Meine Mutter, tut mir leid, ich muss rein", deutete Derek mit dem Kopf zur Wohnung. „Vielen Dank Ron'i-Boy, hätte ich nie

gedacht, dass du daran denkst. Der bekommt einen Ehrenplatz. Lass dich nochmal drücken. Du bist der Beste!" Dann
gab er Ron noch mit Faust einen Buff an
die Schulter und verschwand hinter der
Tür. Ron blieb schweigsam zurück. „Ja
danke, dir auch alles Gute", sagte er
leise zu sich. „War schön dich wiederzusehen Derek."

Da lag er nun der Nagel. Ron sah auf
die Uhr: viertel nach elf. Es lief ihm
kalt über den Rücken, keine Stunde mehr.
Und was soll aus Lisa werden, dachte er.
Ach ist doch nicht mein Problem, nicht
mehr. Tschüss Lisa sagte er in Gedanken.

Ron blickte sich in der Bar um, sie war jetzt gut besucht. Aber Keiner, den er kannte. Nun bemerkte er, dass Jim zu ihm blickte. Er sah wieder auf sein Handy-display, fünf vor halb zwölf. Seine Hände fingen an zu schwitzen. Er steckte sich den Nagel in die Hemdtasche. „Jim, ich will zahlen. Was bin ich schuldig?" „Na endlich mein Freund. Komm gut nach Hause", legte Jim ihm die Rechnung hin. Ron sah rauf. Dann holte er alles Geld aus seiner Geldbörse was drin war. „Oh, das ist aber viel zu viel Ron." „Nein, das ist genau richtig. Glaubst du an den Spruch: Das letzte Hemd hat keine Ta-schen?" „Wie meinst du das? Du willst doch nicht etwa!" „Keine Angst Jim, war ein blöder Spruch. Machs gut." „Bis dann Ron!" „Gute Nacht Leni." „Gute Nacht!" rief Leni ihm hinterher.

Draußen war die Luft so klar und roch nach Frühling. Ron holte tief Luft und sah zu den Sternen hoch. Er ging ein paar Schritte und setzte sich auf eine Park-bank. Von hieraus konnte er die Straße auf und abwärts beobachten. Er sah genau den Eingang von Jims Bierkessel. So saß er eine Weile da, dann piepte sein Handy kurz auf. Ron zog es schnell aus der Ho-sentasche, der Akku war leer. „Mist", er konnte gerade noch die Zeit erkennen, fünf Minuten vor zwölf. Das Handy war aus. Ein merkwürdiges Gefühl durchzog Ron. Ein Schauer lief ihm über den Rücken. Ihm war jetzt kalt. Was ist das? Das kann nicht sein, Ron musste sich die Augen reiben. Er sah noch mal hin. „Anne!", schrie er jetzt. „Anne, hier!" Sie war gerade auf dem Weg zu Jims Bierkessel. Sie drehte sich um und lief jetzt genau auf Ron zu. Es war mehr ein torkeln, so schwankte Anne beim laufen. Ron sein Herz fing zu rasen an, aber er konnte nicht sagen warum. War es wegen Anne oder weil gleich der Moment eintreten sollte, auf den er die ganze Woche gewartet hat? Jetzt stand Anne fast vor ihm, sie hatte Alkohol getrunken. Das konnte er sofort riechen. Ihre Haare waren zerzaust und auch so machte sie einen verstörten Eindruck auf Ron. Sie musste auch gefallen sein, die Strumpfhose war an einem Bein zerrissen. „Anne, was ist passiert? Was ist mit Dir?" „Du bist….!", erhob sie die Hand und fiel auf Ron. Ron verlor das Gleichgewicht und beide stürzten über die Lehne der Bank. Es war null Uhr….

15. Kapitel – 2 Wochen später

Linda steckte den Schlüssel rein und drehte diesen zweimal herum. Schweigsam betrat sie gemeinsam mit Kate die Wohnung, die alte Wohnung, das Paradies der Forsters. „Dass wir nichts gemerkt haben?" „Was sollten wir merken, Lyni. Du warst in Stanfort und ich….", blickte Kate jetzt auf die Fotos an der Wand. „Ach Kat!", drückte sie ihre Schwester von hinten. „Wie glücklich wir waren, schau mal. Weißt du noch das Foto da, wo wir mit dem Camper gereist sind?" „Du und Mama wolltet nicht mehr im Camper schlafen, weil dort eine Spinne war." „Da war auch eine, Kat", zwinkerte Linda, „eine richtig Große!" „Ach ist auch egal, jedenfalls haben wir dann immer tolle Hotelzimmer bekommen. Das war cool." Linda fing an zu weinen. „Ach Lyni." „Soll ich uns Kaffee machen? Lyni sag mal." „Ich lüfte erstmal, dann dein Kaffee und dann die Papiere suchen für Paps seine B…..", Kate drückte jetzt die Hand von Linda und streichelte ihre Wange. „Dass so etwas passieren musste, ich kann es noch gar nicht fassen. Weißt du Kat, als ich gegen ein Uhr in der Nacht angerufen wurde. Wie schlimm das war. Der Polizist sagte, sie hätten meine Nummer in Mamas Handtasche gefunden. Und ob ich eine Anne Forster kenne?" „Gut, dass du mich dann gleich angerufen hast….", verstummte Kate auf einmal. Linda sah sie an: „Hast du Paps noch gesehen? Ich meine wie er da lag." Kate schüttelte den Kopf. „Nein…., zum Glück nicht." Beide schwiegen sie eine Weile. „Keiner weiß, wie es passiert sein soll. Die Polizei denkt, dass Paps es selber getan hat und Mama …." „Mama redet nicht, sie ist ja immer noch in der Klinik. Kannst du dir vorstellen Lyni, dass Mama Alkohol und Drogen genommen haben soll? In ihrem Blut war ein Alkoholwert von 2,4 Promille und Spuren von Kokain." „Mama, die nie Alkohol getrunken hat, immer dagegen war. Ich weiß noch wie sie mit dir geschimpft hat, als du einmal betrunken nach Hause kamst." „Erinnere mich bloß daran nicht Lyni,….weißt du was komisch ist, wo hatte Paps diesen vergoldeten Operationsnagel her?" „Der Besitzer von der Bar, glaube Jims Bierkessel, hat der nicht unsere Eltern gefunden. Der sagte doch zur Polizei, dass Paps so eine Andeutung gemacht hat. Mit dem Hemd und keine Taschen. Das hat ihm anscheinend keine Ruhe gelassen, so dass er mal draußen nachsehen musste." „Aber dass sich Paps diesen Nagel einfach ins Herz rammt. Unvorstellbar." Kate lief jetzt eine Träne

.

über die Nase und tropfte auf den Fußboden. „Mama ihre Fingerabdrücke waren auch drauf. Die Polizei geht davon aus, dass Mama ihn rausziehen wollte. Und dabei ohnmächtig wurde." „Trotzdem verstehe ich nicht Kat, warum unsere Eltern so komisch waren in letzter Zeit und Mama an dem Abend getrunken hat?" „Paps habe ich das letzte Mal auf der Polizeiwache gesehen, als mich dieser Idiot verfolgt hat. Da war Paps auf einmal da, das war ganz merkwürdig. Er sagte auch, ich sollte keine Anzeige machen, der Typ sei schon tot. Ich wollte das erst nicht glauben, aber am anderen Tag stand in der Zeitung, dass dieser von einem Truck überrollt wurde. Woher Paps das wusste, kann ich mir bis jetzt noch nicht erklären." „Ja und nie war in letzter Zeit einer abends zu Hause." „Komm Lyni, wir gehen, wir haben jetzt erstmal alles, oder? Möchte nicht mehr darüber reden." „Hast Recht, wollte so und so noch zur Mama." „Das ist gut, ich komme mit, .warte mal", bückte sich Kate. „Hier, ein Brief an Paps. Muss jemand unter der Tür durchgeschoben haben." Sie hielt Linda den Brief hin. „Sollen wir ihn öffnen oder fällt es unter das Briefgeheimnis? Du bist der Rechtsverdreher." Linda überlegte „Wir schauen nur rein von wem er ist und dann entscheiden wir, ob wir ihn lesen." „Das ist gut", öffnete Kate den Umschlag. Sie faltete den Brief auseinander. „Also hier steht: --- Mein lieber alter Freund Ron, und gezeichnet dein Freund Rob." „Stecken wir ihn wieder rein", meinte Linda. „Machen wir. Hat aber eine gute Handschrift der Rob." Käthe faltete wieder den Brief und steckte ihn wieder in den Umschlag. „Den legen wir mit zu Paps Sachen für die Beerdigung", waren bei Linda gleich wieder die Tränen da. „Komm wir gehen, Lyni!"

Ende

Danke

Bedanken möchte ich mich bei vielen Personen, die mit mir Geduld hatten und mich doch immer wieder unterstützen.

Vorrangig bei meiner Familie, meiner Frau Manuela, meinen beiden Töchtern Alicia und Emilia. Die mir die Zeit, aber auch die Geduld gegeben haben für mein erstes Buchprojekt. Auch bei meinem Hund Frodo, als treuer Zuhörer.
Danke sage ich auch Karin Müller, die Korrektur gelesen hat, die mich mit ihrem Feedback ermutigt hat.
Danke sage ich Ihnen als Leser, dass Sie sich für dieses Buch entschieden haben. Hoffe sehr, es hat Ihnen gefallen.

Widmen möchte ich dieses Buch unserem Zwerghamster „Gucci", geb.17.6.2015
                                    gest. 18.2.2018

Ausschnitt aus dem Roman: Der 181 Tag

33. Kapitel

>> Sie sollten mit uns reden! Es wäre zu ihrem Vorteil. Oder haben sie was zu verbergen? << Versucht Abby Druck auf den Sheriff auszuüben.

Unberührt von dieser Aussage liest er weiter in seiner Zeitung.

>> Na gut ich sage es noch mal! << Versucht Abby energischer zu werden.

>> Junge Frau. << Will der Sheriff gerade loslegen, als er die FBI Marke vor seinem Gesicht sieht.

Sofort legt er die Zeitung zur Seite und mit erstaunten Gesicht starrt es die Marke an.

>> Was ist das jetzt? Wollen sie mich verarschen? Ermitteln hier in meinem Revier? Was fällt ihnen ein? Wer sind sie überhaupt? << Kann er sich gar nicht mehr beruhigen.

>> Geht doch. Habe ich jetzt ihre Aufmerksamkeit? << Steckt Abby lächelnd schnell ihre Marke wieder ein.

Hat doch geklappt der Trick.

Der Sheriff will zum Telefonhörer greifen, als Abby ihre Hand darauf legt.

>> Das würde ich an ihrer Stelle lassen! << Sieht sie ihn eindringlich an.

>> Was meinen sie wohl wird man von ihnen denken? Es verschwinden bei Ihnen vier Leute spurlos, ohne dass sie einen Finger krumm machen. Andermal findet ein Ranger zwei Personen hilflos in der Wüste. Ohne damit irgendeiner weiß, wie die dahin gekommen sind. Sind sie nicht neugierig?

Ach nein sie trinken lieber schön ihren Kaffee und essen unberührt von allem ein Donut nach dem anderen.

Die Wüste ist schuld. << Schüttelt sie leicht den Kopf.

Wütend stößt der Sheriff die Hand fort. Um sich eine Zigarette an zu zünden. Gewollt bläst er den Qualm Abby direkt ins Gesicht.

Die macht ungewollt, völlig angewidert einen Schritt nach hinten.

>> Nun passen sie mal auf junges Fräulein. << Erhebt sich der Sheriff aus seinem Stuhl.

>> Ich weiß nicht was sie wollen. Sicher sind die vier Personen ver-
schwunden. Das war aber schon am ersten Juli, also vor zwei Wochen. Glauben sie mir wir haben gesucht. Seltsam. << Zieht er an
seiner Zigarette, um dann weiter zu reden.

>>Wenn ich sie daran erinnern darf, waren sie auch fast nackt in der
Wüste. Das war in der Nacht vom ersten zum zweiten Juli.

Auch das habe ich mit dem Ranger nachgeforscht. Keine Spur, kein
Auto nichts. Kann sie gerne zu der Stelle bringen. <<

>> Nein würde mir schon reichen, wenn sie es mir auf der Karte zei-
gen. Und was ist seltsam? Wann kam die Vermisstenanzeige für die
vier Touristen? <<

>> Eigentlich gar nicht. Das war doch das Seltsame. << Schaut er aus
dem Fenster.

>> Wo ist überhaupt der Psychiater? Ist das ihr Freund? << Versucht
er Zeit zu gewinnen.

>> Sheriff was war Seltsam? << Wird Abby ungeduldig.

>> Keiner hat die vermisst gemeldet, aber trotzdem war am fünften oder sechsten Juli der Policeofficer Peckory in meinem Büro. Faselt was von Suche einstellen und das er sich darum kümmert.

Frage noch was für eine Suche. Meinte er ich wäre vom Fall abgezogen. Das unterliegt der Schweigepflicht. Dachte doch es handelt sich um sie und dem Psychiater.

Doch dann hat vor fünf Tagen eine Frau angerufen. Ihr Sohn und seine Freundin sind verschwunden. Wollten ein paar Tage mit noch zwei Frauen nach Amado, um einen Wüstentrip zu unternehmen. Nannte mir sogar die Adresse, das Motel von Betty Locka. Wollte sie erst beruhigen und eigentlich abwimmeln. Doch das ist mir dann im Hals stecken geblieben, als sie das Datum nannte. Den ersten Juli! << Steckt sich der Sheriff eine neue Zigarette an.

>> Was haben sie dann gemacht? << Möchte Abby wissen.

>> Nichts. Der Policeofficer hat mich doch kalt gestellt. << Holt er einen tiefen Lungenzug. >> Dachte alles geht seinen Gang. << Wirkt er nun etwas resignierend.

>> Dann haben wir jetzt ein Problem! << Ist der Ton von Abby dro-
hend und mehr provozierend.

>> Scheiße! Was für ein Problem? – Fahren sie doch einfach wieder
nach Hause. Und alles ist gut! << Wird der Sheriff lauter und bekommt gleich rote Gesichtsfarbe.

>> Immer ruhig Sheriff. Schon tief Luft holen. << Versucht Abby die
Ruhe zu bewahren. >> Sie haben mich gar nicht ausreden lassen. Ich
wollte noch sagen, dass der Policeofficer und die Besitzerin des Mo-
tels in der Nacht verschwunden sind.<<

>> Wer sagt das? <<

>> Hat der Typ, der Halbblut heute Morgen beim auschecken er-
wähnt. Als wir nach der Chefin gefragt haben. Meinte dass die weg
ist mit dem Bullen. Geflucht hat der, muss jetzt den Scheiß alleine
machen sagt er. << Setzt sich Abby auf die Kante des Schreibtisches.
Anerkennend und verzückt des Anblickes von Abby ihren schönen
knackigen Hintern, tut sich seine Laune schlagartig bessern.

>> Na dann. << Lümmelt er sich gleich wieder auf seinen Stuhl. Seine Euphorie, ob nun vor Wut oder vom schlechten Gewissen getrieben, ist verflogen. Erleichtert zündet er sich wieder eine Kippe an.

>> Rauchen aber nicht wenig oder? <<

Ohne darauf einzugehen, schielt er immer wieder auf Abby ihren Hintern.

>> Wo ist eigentlich der Psychiater? Schon abgereist? << Grient er blöde. >> Sie sind schon ein komisches Pärchen, ein Psychodoktor und ein Agent. —Sie sind doch ein Paar oder?

>> Tja Sheriff sie sollten sich lieber um wichtigere Dinge kümmern, als um meinen Arsch. << Erhebt sich Abby von seinem Schreibtisch. Kann sie jetzt die Schamröte im Sheriff seinem Gesicht wahrnehmen.

>> Und falls sie noch was über die Verschwundenen oder auch nur irgendetwas hören, was mit dem Motel zusammenhängt. Wäre schön wenn sie diese Nummer wählen. << Legt sie die Visitenkarte auf den Schreibtisch.

>> Ich werde jetzt noch ins Dinner gehen und frühstücken mit dem Psychiater. Danach nochmal zum Motel. Also wir werden uns nicht mehr sehen. Also schön die Ohren offen halten. <<

Hebt sie kurz die Hand und verlässt das Büro.

>> Aber Hallo! << Bleibt der Sheriff verblüfft zurück.

34.Kapitel

Nebelschwaden ziehen über den abendlichen See. Kraniche schweben majestätisch im spiegelnden Mondlicht über das ruhige Wasser. Ihre Schreie hallen weit übers Ufer.

Eddy sitzt vor der Holzhütte auf einem alten Schaukelstuhl und raucht eine Pfeife. Ruhig und friedlich wirkt er, wie der See. Die Rauchwolken tragen den angenehmen rauchigen Duft in die klare Abendluft hinaus.

Gedankenverloren geht sein Blick ins Leere, einfach raus auf den dunklen See. Immer weiter.

Fliegen seine Gedanken zu den Herrschern, weit fort von hier. Sieht er die einäugige göttliche Gestalt, mit dem roten Umhang der den grauen Leib schmückt. Der so gläsern wirkt, fast zerbrechlich, aber doch so vor Kraft und Stolz strotzend.

Alles würde er tun, um immer seinen Herrschern dienen zu können. Das jetzt wieder zwanzig Jahre vergehen sollen, raubt ihm fast den Verstand. So viel Zeit hat er nicht, zu viele Probleme, eins davon sitzt in der Hütte, Dolores White.

Die qualmende Pfeife aus dem Mundwinkel nehmend, erhebt er sich aus dem knarrenden Schaukelstuhl. Mit dem Fuß schiebt er die Türe vorsichtig auf, um sich vor Dolores hinzuknien.

Auf dem Fußboden zusammengekauert vermeidet Dolores den direkten Augenkontakt, nur nicht nochmal dieses Martyrium, nicht noch eine Vergewaltigung.

Sofort spürt sie die Schmerzen zwischen den Schenkeln. Merkt wie die Angst sie überkommt, wie diese langsam über den Rücken kriecht. Übelkeit stößt ihr auf. Ungewollt füllen sich ihre Augen mit Flüssigkeit. Sie fängt an zu zittern.

>> Hör schon auf. Was ist denn? Ich tue dir nichts. << Ist Eddy selbst über sich überrascht.

Was ist mit mir. Nicht weich werden Eddy.

>> Hast du Hunger? – Bestimmt hast du Hunger. << Ist sein Blick fast mitleidig.

Nicht so Eddy. Zeig es der Schlampe. Das ist die alte Dolores. Fick sie nochmal, so richtig in den Arsch. Hört er die Stimme in sich, um diese zu ignorieren.

Eddy erhebt sich aus der Hocke, um etwas von dem gebratenen Fisch zu holen.

Verängstigt hebt Dolores den Kopf.

>> Warum machst du das Eddy? << Kommt es leise und flehend über ihre trocknen Lippen. >> Lass mich doch gehen! Ich verstehe dich nicht. Was ist denn mit dir passiert? <<

>> Hast du auch Durst? << Stellt er noch ein Glas Wasser hin. Unbeeindruckt von den jämmerlichen Fragen verlässt er die Hütte wieder.

www.ingramcontent.com/pod-product-compliance
Lightning Source LLC
Chambersburg PA
CBHW020637030726
47498CB00002B/259